T5-COD-149

COLLECTION FOLIO

Henry de Montherlant
de l'Académie française

Le Cardinal d'Espagne

PIÈCE
EN TROIS ACTES

Gallimard

© *Éditions Gallimard, 1960.*

Dès 1927 Montherlant écrit dans Aux Fontaines du Désir : « *Le monde n'ayant aucun sens, il est parfait qu'on lui donne tantôt l'un et tantôt l'autre. C'est bien ainsi qu'il faut le traiter.* » *En 1931 il note dans ses* Carnets : « *Toute l'histoire du monde est une histoire de nuages qui se construisent, se détruisent, se dissipent, se reconstruisent en des combinaisons différentes, sans plus de significations ni d'importance dans le monde que dans le ciel.* » Service Inutile, *plus tard, aura pour épigraphe une parole de Mgr Darboy à Paul-Hyacinthe Loyson :* « *Votre erreur est de croire que l'homme a quelque chose à faire en cette vie* » *(parole qu'Unamuno qualifie de* « *profondément chrétienne* »).

Cette conception, Montherlant l'a retrouvée — et l'a retrouvée historiquement, en se basant sur des documents — chez la reine Jeanne de Castille, surnommée de son temps et depuis lors « *Jeanne la Folle* », *surnom qu'il juge qu'on ne saurait lui donner sans le commenter par la parole qu'il fait dire à un des personnages du* Cardinal d'Espagne : « *Elle voit l'évidence, et c'est pourquoi elle est folle.* » Le Cardinal d'Espagne *superpose trois actions : l'action dissolvante (selon le point de vue temporel) de la reine Jeanne sur le cardinal Ximenez de Cisneros, régent de Castille, homme aussi épris du pouvoir temporel que de la contemplation mystique, l'action du roi Charles (le futur Charles Quint) sur Cisneros, qui est un* « *dur* », *et cependant meurt de douleur, d'une douleur qui lui est infligée par le roi, l'action et la réaction mutuelles du cardinal et de son neveu Cardona, lequel aime et respecte Cisneros, et cependant, poussé par le sentiment d'infériorité et la jalousie qu'il éprouve à son égard, contribue à sa mort.*

BIBLIOGRAPHIE

1. LE CARDINAL D'ESPAGNE. Mars 1960. *Lefebvre.* Lithographies de Pierre-Yves Trémois (édition originale). 20 japon nacré, 30 Arches avec suite, 200 Arches.

2. LE CARDINAL D'ESPAGNE. 1960. Paris. *Gallimard.* 36 vélin hollande van Gelder, 110 vélin pur fil Lafuma-Navarre. Et l'édition ordinaire.

3. LE CARDINAL D'ESPAGNE. 1960. Paris. *Gallimard.* Collection Soleil. 4 100 exemplaires, dont 100 H.C.

4. LE CARDINAL D'ESPAGNE. 1961. Francfort-Berlin-Bonn. *Diesterweg* (texte français). Édition scolaire.

5. LE CARDINAL D'ESPAGNE. 1967. Paris. *Éditions Lidis.* Imprimerie nationale. Illustrations de Chapelain-Midy. 12 japon, 500 Arches, 3 000 Vercors.

6. LE CARDINAL D'ESPAGNE. 1972. Paris. *Gallimard.* Bibliothèque de la Pléiade.

7. LE CARDINAL D'ESPAGNE. 1974. Paris. *Collection Folio.*

Je tiens à remercier mon traducteur et ami M. Mauricio Torra Balari, conservateur de la Bibliothèque de l'Ambassade d'Espagne à Paris, attaché aux services culturels, à qui j'ai eu maintes fois recours dans les curiosités ou difficultés que m'apportait ce travail, et qui les a satisfaites ou dénouées avec la complaisance infinie que connaissent tous ceux qui l'approchent; M. l'abbé Lopez de Toro, de qui je parle dans la note I du présent volume; M. l'abbé Louis Cognet, chargé de conférences à l'Institut catholique de Paris, auteur d'ouvrages qui font autorité sur les mystiques et sur le jansénisme, qui a lu le manuscrit du *Cardinal d'Espagne* et m'a garanti la vraisemblance des propos que j'y fais tenir à certains de mes personnages, dans le domaine religieux. Je saisis l'occasion de dire aussi tout ce que lui doit ma pièce *Port-Royal,* dont il suivit de près non seulement l'élaboration mais les dernières répétitions; celles-ci et celle-là ont bénéficié dans une grande mesure de ses avis.

A cette même occasion, je rappelle que les manuscrits de *Malatesta* (pour le rôle du pape) et du *Maître de Santiago* furent soumis par moi au R. P. d'Ouince, de la Société de Jésus, alors directeur de la revue *Études,* avant leur publication en librairie et leur représentation.

LE CARDINAL D'ESPAGNE

a été représenté pour la première fois à la Comédie-Française le 18 décembre 1960. Mise en scène de Jean Mercure. Décors et costumes de Jacques Le Marquet.

LE CARDINAL FRANCISCO XIMENEZ DE CISNEROS, archevêque de Tolède, primat des Espagnes, Grand Chancelier de Castille, Grand Inquisiteur de Castille et de Leon, régent de Castille, 82 ans.	*Henri Rollan.*
LUIS CARDONA, capitaine commandant la garde du cardinal, petit-neveu du cardinal, 33 ans.	*André Falcon.*
LE DUC DE ESTIVEL, environ 40 ans (prononcer : Estibel).	*François Chaumette.*
LE COMTE DE ARALO, environ 40 ans.	*Daniel Lecourtois.*
LE CHAPELAIN ORTEGA.	*Maurice Porterat.*
FRÈRE DIEGO, confesseur de la reine.	*Michel Aumont.*
VARACALDO, un des secrétaires du cardinal.	*Marco-Béhar.*
L'ARCHEVÊQUE DE GRENADE.	*Louis Eymond.*
LE BARON VAN ARPEN, conseiller du roi Charles.	*René Camoin.*
DUQUE DE ESTRADA, gouverneur de la maison de la reine.	*Jean-Louis Jemond.*
D. FELIPE UHAGON.	*François Vibert.*

D. DIEGO DE LA MOTA.	*Paul-Émile Deiber.*
LE DOCTEUR CAMPOS.	*Louis Raimbaut.*
UN SEIGNEUR.	*Jean-Claude Arnaud.*
UN AUTRE SEIGNEUR.	*Pierre-François Moro*
UN VALET DU CARDINAL.	*Montana.*
JEANNE, reine de Castille, de Leon, d'Aragon, etc., dite « Jeanne la Folle », mère du roi Charles 1ᵉʳ de Castille et de Leon (le futur Charles Quint), 38 ans.	*Louise Conte.*
DOÑA INÈS MANRIQUE, dame d'honneur de la reine.	*Andrée de Chauveron.*
PREMIÈRE DEMOISELLE D'HONNEUR DE LA REINE.	*Régine Blaëss.*
SECONDE DEMOISELLE D'HONNEUR DE LA REINE.	*Danièle Volle.*
TROISIÈME DEMOISELLE D'HONNEUR DE LA REINE.	*Michèle Grellier.*
DAMES, SEIGNEURS, etc.	

La scène se passe à Madrid, en novembre 1517.
Tout se fait en trois jours, un jour par acte.

Les phrases ou passages entre crochets peuvent être supprimés dans une représentation.

Projeté par la Télévision française en 1964. Réalisation de Jean Vernier.

ACTE PREMIER

> « ...*cette phrase si importante de l'*Entretien *avec M. de Saci, où il est dit que M. Singlin voulait donner à Pascal un maître, qui lui enseignât les sciences, et un autre maître, qui lui apprît à les mépriser. Cette phrase me rappelle le cardinal Jimenez, qui portait une robe de bure sous sa pourpre; la bure démentait la pourpre; c'est ce démenti que l'être de sagesse doit porter sans cesse en soi : le démenti que l'homme intérieur donne à l'homme extérieur* ».
>
> Service inutile (1935)
[écrit en 1933];

Un cabinet au palais du Conseil de la régence, à Madrid.

SCÈNE PREMIÈRE

LE DUC DE ESTIVEL, LE COMTE DE ARALO

Au lever du rideau, Estivel, seul, marche de long en large dans la pièce.

ARALO, *entrant en coup de vent, avec exaltation.*
J'ai une nouvelle enivrante à vous apprendre!

ESTIVEL

Qui est mort?

ARALO

Devinez.

ESTIVEL, *au comble de l'exaltation, prenant les mains d'Aralo.*

Lui ?

ARALO, *désignant ses bottes.*

Le cordonnier qui a fait ces bottes. Un brave homme. Trésorier de la Confrérie de San Lorenzo. *(Riant.)* Votre déconvenue m'amuse au plus haut point. Notre cardinal-moine est immortel. Quatre-vingt-deux ans sans doute. Mais défiant, et dur, et amer, et tenant les lèvres tellement serrées qu'il lui est venu à la lèvre inférieure une petite blessure. Tout cela conserve.

ESTIVEL, *grave.*

Pendu la tête en bas, le ventre ouvert, les tripes sortantes ; et m'enfouir le visage dans ses tripes : voilà ce que je voudrais.

ARALO

Quel beau spectacle qu'une conviction politique ! Cela est réconfortant. Allons, avouez que vous donneriez dix ans de votre vie pour que le cardinal d'Espagne, régent du royaume, mourût aujourd'hui même.

ESTIVEL, *toujours très grave.*

Non, pas dix ans. Mais je donnerais un an de ma vie pour qu'il meure tout de suite, et qu'il souffre bien. Des souffrances dignes de lui, et vraiment l'effet de la grâce divine.

ARALO

Mon cher duc, vous nous enterrez tous. Vivre vieux, c'est une question de haine. — Dites-moi, encore un mot. Si vous ne vouliez pas donner un an de votre vie, combien de doublons d'or donneriez-vous pour que le cardinal meure aujourd'hui?

ESTIVEL, *toujours très grave.*

Je donnerais cinquante mille doublons d'or pour qu'il meure aujourd'hui.

ARALO

Moi... disons : quarante-cinq mille. J'ai la dot de ma fille à fournir. On ne peut pas tout faire à la fois.

ESTIVEL

Ch... Il est là qui écoute à la porte.

ARALO

Le cardinal n'écoute pas aux portes : d'autres écoutent pour lui. Mais il marche à pas de mouche. On ne l'entend pas.

ESTIVEL

De sorte qu'il écoute sans écouter : la vertu est sauve. La vertu est toujours sauve avec lui. — Penser que c'était un moinillon qui crevait de faim quand il était étudiant, qui n'est sorti qu'à cinquante-huit ans d'une obscurité sordide, et depuis ne s'est élevé que par la faveur de la feue reine Isabelle. C'est une bénédiction de la Providence s'il n'est apparu qu'à cinquante-huit ans. S'il l'avait fait à trente, quel cauchemar! Ce fléau a mis dans son jeu les rois de la terre et le Roi du Ciel. Comment lui résister?

ARALO

Tout peut changer en quelques jours, avec l'arrivée du roi Charles. Finie la régence. Patientez un peu.

ESTIVEL

Je ne peux plus attendre. Je ne peux plus sentir ses sandales crasseuses sur nos nuques pour nous courber, nous, les plus grands noms du royaume. Avoir délivré l'Espagne des Arabes, et être opprimé par *ça!* Vouloir faire sentir, à tout propos et hors de propos, qu'on est le maître, c'est petitesse et puérilité : pouah! Et à son âge! Cette ombre qui ordonne, quelle horreur!

ARALO

Avec Charles, ce sera peut-être encore pire.

ESTIVEL

Peu importe, pourvu que ce ne soit pas lui. — Vous vous souvenez, l'autre jour, quand il a montré son cordon de franciscain et qu'il a dit : « Ceci me suffit pour mater les superbes. » Une corde pour attirer à soi les dignités, et pour étrangler ses ennemis : ô bienheureuse corde! Et cette façon qu'il a de la tripoter sans cesse, comme s'il en tirait de la force... Quand on est ensemble moine franciscain et gouverneur d'un royaume, est-ce qu'on n'est pas un personnage ambigu?

ARALO, *bas.*

Vous dites tout cela chez lui!

ESTIVEL

Que ses meubles et ses murs s'en imprègnent et l'en empoisonnent.

ARALO

Encore le poison. Avec déjà cette truite empoisonnée à laquelle il a échappé dimanche...

ESTIVEL

Et dire que je n'y étais pour rien. Ce n'est jamais nous qui tuons ce qui mérite tellement d'être tué.

ARALO

C'est-à-dire tous les grands hommes, car je n'en

connais pas un qui n'ait quelque chose d'odieux.
— Ch... cette fois il arrive. On peut dire qu'il tombe bien.

ESTIVEL

Non, c'est le neveu, capitaine de la garde de son oncle par protection spéciale... Encore un personnage ambigu.

SCÈNE II

LES MÊMES, CARDONA

CARDONA

Messieurs, je vous annonce que le roi Charles contremande sa venue. Pour la seconde fois. Il y a cinq jours à Trujillo. Aujourd'hui à Aguilera. Tous les préparatifs et tous leurs tracas rendus vains. Je pense qu'il ne s'agit là que de faire perdre patience au cardinal, et de nous montrer un peu de dédain, à nous autres sauvages de Castille. On veut nous dresser. Un roi de dix-sept ans, un blondin élevé aux Flandres, qui traîne avec lui depuis les Flandres sa cour de Français et de Flamands : des hommes habillés en satin, comme les femmes! Un roi que notre peuple ne connaît que par ses impôts!

ABALO

Il ne sait presque rien de nous, et le peu qu'il en sait est faux.

CARDONA

Si le cardinal Cisneros n'avait pas fait violence aux conseillers d'État, Charles ne serait toujours qu'archiduc d'Autriche. Maintenant le voici roi de Castille et de Leon, et il remercie le cardinal en le brimant.

ESTIVEL

J'ai vu de près cette scène inoubliable, j'étais de ceux qu'elle a le plus humiliés. Hélas! il faut bien le dire, nous avons eu devant nous une volonté plus forte que la nôtre...

CARDONA

J'ai souvent entendu parler de cette scène, mais jamais par mon oncle.

ESTIVEL

Allons, vous savez bien ce qui s'est passé.

CARDONA

Comme on sait les choses dans une lointaine garnison...

ESTIVEL

C'était il y a dix-huit mois; le roi Ferdinand venait de mourir, laissant la régence au cardinal. Charles n'était qu'archiduc, mais il voulait — il voulait avec passion — le titre de roi d'Espagne, conjointement avec la reine Jeanne sa mère; le cardinal garderait la régence jusqu'à son arrivée en Espagne. De Bruxelles, il invite le cardinal à le faire proclamer roi par le conseil, les grands et les évêques présents à Madrid. Le cardinal réunit le conseil, expose le désir de ce garçon de seize ans. On discute; nombreux sont ceux qui se cabrent : nous avons juré fidélité à Jeanne pour notre seule reine. Alors le cardinal prend la parole : « Vous ne m'avez pas compris, dit-il d'un ton glacial. Un roi n'a pas besoin du suffrage de ses sujets. Il ne s'agit pas de délibérer sur une chose à faire, mais d'approuver une chose faite. Car je vais à l'instant faire proclamer dans tout Madrid le prince comme roi de Castille. » On ouvre la porte, le préfet de Madrid entre, le cardinal donne des ordres pour la proclamation, qui est faite séance tenante au son des trompettes. Nous ne bougeons pas, nous restons hébétés. Voilà comment et grâce à qui Charles est notre roi, – pour un très long temps.

Un silence.

ARALO

Il y a dix-huit mois que Charles est notre roi, et c'est aujourd'hui seulement qu'il quitte les Flandres et prend possession de son royaume de Castille, je veux dire : qu'il entre en pays conquis. Il n'est pas pressé d'attraper nos puces et nos poux.

CARDONA

Le cardinal est reçu demain matin en audience privée par la reine Jeanne. Depuis quatre ans, elle ne l'a jamais reçu qu'en lui parlant à travers une grille, et depuis un an elle ne l'a pas reçu du tout. La reine refusant de voir le régent! Il veut la convaincre d'accueillir la visite de son fils. Le roi a déclaré qu'en arrivant en Espagne il ne rencontrerait personne avant la reine sa mère, non pas même le cardinal.

ARALO

Elle est folle, c'est Jeanne la Folle, il y a quinze ans qu'elle est folle. Ne sortir jamais, ne voir personne, ne prendre jamais la moindre distraction. Des journées entières à ne pas prononcer un mot. Et toujours sans s'occuper le moins du monde ni des intérêts de l'État ni des siens propres : elle ignore ce qu'ils sont au dernier degré, sans défense aux mains de subalternes comme une petite fille. Alors qu'elle est retranchée du nombre des vivants, de nouveaux mondes sont conquis en son nom. Elle est le tout, et elle n'est rien.

ESTIVEL

Le cardinal était bien heureux que la reine soit folle, – cet horrible chaos de corps et d'esprit... C'est parce qu'elle est folle qu'il était régent.

ARALO

La régence va finir, mais il cherchera à s'incruster, comme conseiller intime de ce petit roi. Ce qu'il veut, c'est le pouvoir; peu lui importe le titre. — Encore qu'on raconte à Rome qu'il y eut un moment où il rêva d'être pape. A Rome, où il n'est rien moins qu'aimé.

CARDONA

C'est vous qui ne l'aimez pas, Monsieur le comte. Le pouvoir! Comme s'il ne l'avait pas maintes fois rejeté! A quarante-huit ans il résigne sa charge de grand vicaire et tous ses bénéfices, et se fait franciscain à Tolède. Mais c'est encore trop du siècle et il se réfugie à l'ermitage du Castañar, où il reste trois ans dans la solitude. Il refuse d'abord quand la reine Isabelle...

ESTIVEL

Nous savons tout cela! Nous savons tout cela!

CARDONA

Il refuse quand la reine Isabelle veut faire de lui son confesseur, et n'accepte qu'à la condition de demeurer au couvent, et de ne venir à la cour que sur ordre. Il s'enfuit de nouveau au couvent quand il est nommé archevêque de Tolède, et résiste six mois...

ESTIVEL

Et il a fallu un bref du pape pour qu'il acceptât son élévation, ce qui est un fait unique dans l'histoire! Et il a fallu une lettre du pape pour le forcer à abandonner l'austérité de son train de vie et à vivre comme doit vivre un archevêque! Toute cette humilité a eu un grand retentissement. Nous la connaissons par cœur.

CARDONA

L'an dernier encore, il a songé à se retirer des

affaires quand la reine Jeanne lui a interdit l'entrée de son palais...

ESTIVEL

Le régent du royaume excelle à faire des retraites. Il excelle aussi à tirer parti de ses retraites.

CARDONA

Mon oncle n'excelle que dans le service du royaume et de la religion.

ESTIVEL

On dit que lorsqu'il veut montrer qu'un entretien est terminé, il ouvre la Bible. Ainsi peut-être l'Église lui est-elle commode pour...

CARDONA, *très vivement.*

L'Église ne lui est « commode » en rien et pour rien. Jamais.

ARALO, *mielleux.*

Le cardinal est votre grand-oncle, vous avez raison de ne pas permettre qu'on touche à lui. Le plus grand politique que l'Espagne ait jamais connu. Il a, comme Dante veut qu'on l'ait, *virtude e conoscenza,* le courage et le savoir, la droiture du caractère et la droiture du jugement, une charité et un désintéressement que personne ne conteste...

ESTIVEL

Les œuvres charitables par lesquelles il se débarrasse de la charité...

CARDONA

Monsieur le duc, de grâce!

ARALO

...sans parler d'une énergie en quelque sorte surnaturelle, et qui, chose étrange, semble augmenter à mesure qu'il devient plus vieux.

CARDONA

Il a commencé en se montrant impitoyable parce qu'il avait peu de naissance, et qu'il lui fallait cela pour établir son autorité. Aujourd'hui, l'âge lui a fait perdre le flair des moyens qui obtiennent le succès. Alors il a recours à la force, c'est plus simple. On dirait aussi que par ses moments de violence il cherche à rattraper sa faiblesse de tant et tant d'autres heures. Quand on emploie la force pour se faire obéir, c'est que les ordres n'y suffisent plus. Quand on se redresse avec vigueur, c'est qu'on s'affaissait. Et on a le ton tranchant, quand l'âme ne soutient plus la voix. Tout cela se retournerait férocement contre lui, s'il devait vivre. Mais il n'aura pas le temps que cela se retourne contre lui, et c'est peut-être pour cela qu'il l'ose.

Un silence.

ESTIVEL

Je ne me serais pas permis d'en dire autant devant vous, capitaine.

ARALO [*mielleux.*

Le cardinal offre au roi qu'il a fait, quand celui-ci prend possession de son royaume, une noblesse hier soulevée, aujourd'hui presque toute obéissante — nous en sommes la preuve, n'est-il pas vrai? — une armée réorganisée, une flotte redoutable, un trésor allégé de sa dette, une Espagne forte de sa cohésion et de son indépendance, et qui a grandi en quelques années au-dessus de tout ce qui l'entoure...

CARDONA

Cela, c'est l'oraison funèbre. Mais la réalité est moins fleurie. Depuis la défaillance du cœur qu'il a eue il y a trois semaines, les rancunes se redressent en sifflant, les vengeances éclatent de toutes parts comme des flammes. Giron reprend les armes pour s'emparer de Medina Sidonia, les Arabes reparaissent sur les côtes d'Espagne, les Turcs menacent d'assiéger Oran. Malheur au puissant qui a fait un faux pas. On le croit à terre et tous se jettent sur lui.

ARALO

Le cardinal a des ressources d'insensibilité qui vont encore faire merveille pour la gloire de Dieu. Quand on se console d'une de nos armées massacrée en disant : « Autant de pègre en moins »... Quand on est Grand Inquisiteur de Castille... La façon dont il vient de mater l'insurrection de Valladolid]... Il continue de faire peur : à l'abri de cette peur, tout devient plus facile.

CARDONA, *ricanant.*

Peur! Il fait rire aussi, quelquefois! On ne parle jamais de ses ridicules; personne ne semble les voir.

ESTIVEL

Personne ne veut les voir.

CARDONA

Un homme à qui le pouvoir monte à la tête est toujours ridicule.

ARALO

Quelque chose qui fait peur peut-il être ridicule?

CARDONA

Certes! — Moi, j'ai mon franc-parler avec lui. Je lui disais hier : « Vous ne pouvez plus supporter les critiques. Vous ne pouvez plus supporter qu'une admiration sans réserve aucune. »

ARALO

Et que vous a-t-il répondu?

CARDONA

Il m'a répondu : « Je n'ai pas besoin qu'on m'admire. J'ai besoin qu'on fasse ce que je veux. »

ARALO, *à Cardona.*

Vous avez parlé de ses ridicules... *(Avidement.)* Vous lui voyez vraiment des ridicules ?

CARDONA

Tenez, un seul exemple : sa signature. Est-ce que tout l'orgueil de l'homme ne s'y peint pas ?

ARALO

Sa signature est souvent de la main du secrétaire Vallejo, qui imite celle du cardinal, mais par maladresse en accentue les traits.

CARDONA

D'autres fois elle est de lui, et alors aussi elle respire l'affectation. Y a-t-il besoin d'affecter lorsqu'on est naturellement un personnage extraordinaire ?

ESTIVEL

Vous ne comprenez pas : il s'est fait une signature orgueilleuse pour montrer qu'il est toujours plein de verdeur.

ARALO

Mais non, il est courant que l'écriture ait gardé toute sa puissance, quand l'âme déjà s'en va à vau-l'eau.

CARDONA

Il tarde beaucoup. Je vais m'informer de ce qui le retient.

SCÈNE III

LES MÊMES, *moins* CARDONA

ESTIVEL

Nous choisissons nos amis, nos ministres, nos serviteurs, nos épouses; mais il faut prendre nos petits-neveux comme ils viennent.

ARALO

Le petit-neveu souffle le chaud et le froid. Il a commencé par louer son oncle, puis, lorsque j'ai fait chorus, il n'a pu y tenir et s'est mis à le dénigrer. Il a aussi une véritable passion pour répéter au cardinal ce qu'on dit sur lui de désagréable, ou pour lui apprendre de mauvaises nouvelles. Tout ce que vous venez de dire va être exactement rapporté. Vous ne savez pas tenir votre langue. Ah! si la haine pouvait se taire!

ESTIVEL

Il faudrait m'arracher la langue pour que ma haine se tût. Et, si on m'arrachait la langue, ma haine sortirait par mes yeux. Et, si ensuite on m'arrachait les yeux, je ne sais par où elle sortirait, mais elle sortirait encore. La haine impuissante, il faut bien qu'elle sorte ainsi.

ARALO

Ne dites pas de mal de la haine impuissante : c'est la meilleure. Don Luis ne hait pas son oncle. Il l'aime, semble-t-il, et surtout il l'admire au point d'être obsédé par lui. Mais il est jaloux de lui. Ce farouche vieillard l'exalte et l'aigrit alternativement. Cela paraît invraisemblable, que don Luis soit jaloux du cardinal, ou qu'il prenne des airs supérieurs quand il le met en cause, car entre eux il n'y a pas de mesure; cependant cela est. Il est jaloux même des gens auxquels son oncle prête attention ou veut du bien. Par tout cela, savez-vous à qui don Luis me fait penser? A notre Jeanne la Folle, qui adorait ensemble et détestait son mari. Elle le pleure depuis onze ans, elle n'existe que par sa douleur, et vivant elle le persécutait.

ESTIVEL

La reine Jeanne n'aimait pas son mari; elle aimait le lit de son mari; rien d'autre.

ARALO

Il se vante de connaître son oncle mieux que personne. Mais que peut-il connaître de ce qui est tellement au-dessus de lui? Sa médiocrité et sa vulgarité n'en peuvent faire qu'une caricature, sans même peut-être qu'il s'en rende compte. L'affreux petit bonhomme!

ESTIVEL

Pensez-vous que le cardinal ait pénétré que ce neveu n'est pas un neveu sûr?

ARALO

Je pense qu'il se raccroche où il peut, et qu'il doit se dire que sa famille...

ESTIVEL

Et avec cela il n'aime pas sa famille. Son neveu du moins l'aime à sa façon. Lui, il n'aime pas son neveu. Mais qui aime-t-il?

ARALO

L'Église et le royaume sont sa femme et son fils. On ne bâtit une œuvre que dans l'indifférence terrible pour ce qui n'est pas elle.

ESTIVEL

Ce qui est cruel avec don Luis, c'est que c'est quelqu'un qu'on ne peut pas estimer. Il n'est pas Castillan; homme de sang impur, cela ressortira toujours. Le cardinal souffre de lui. Et lui il souffre du cardinal.

ARALO

Le diable emporte les petits-neveux! Le diable emporte aussi les oncles!

La porte s'ouvre brusquement, et paraît le cardinal, suivi de Cardona.

SCÈNE IV

LES MÊMES, *plus* LE CARDINAL CISNEROS [1]
et CARDONA

Le cardinal est en robe franciscaine, de bure grossière, grise (grise et non brune), la corde de chanvre à la taille, les pieds nus dans des sandales de chanvre, la tête nue et tonsurée. Sa dignité n'est indiquée que par une croix pectorale en or, sans pierreries ni orfèvrerie, attachée à un cordon noir sur sa poitrine.

ESTIVEL, *avec contentement.*

Ainsi donc, Monseigneur, Sa Majesté vous fait une nouvelle vexation, après celle qu'elle vous fit quand vous avez été à sa rencontre à Trujillo, et qu'elle ne vint pas. Sans parler de cette maison qu'on eut l'insolence de vous refuser.

---

1. **Ximenez** est le patronyme du cardinal et Cisneros son nom de terre. Jusqu'au XIXᵉ siècle, on ne l'a appelé partout que Ximenez. Aujourd'hui, les Espagnols ne l'appellent que Cisneros.

ARALO

Vous avez donné au roi un royaume, et il vous refusait une maison!

CISNEROS

Je n'ai pas atteint l'âge que j'ai pour que les petites choses me touchent. Si je souhaitais qu'on me réservât à Trujillo la maison du sieur Bernardin, c'était, je le confesse, à cause de sa situation agréable. Les fourriers du roi ont jugé sans doute qu'il y avait là un vœu frivole qui ne seyait pas à un franciscain, puisqu'ils ont donné cette maison à quelqu'un d'autre. Quant au roi, il n'en a rien su, de toute évidence.

ARALO

Rien de mesquin ne vous effleure jamais, Monseigneur.

CARDONA

Et qu'on n'ait pas trouvé de place pour vos serviteurs à Trujillo! Qu'il ait fallu les loger dans un bourg voisin! Vos propres serviteurs, et à votre âge, et quand votre santé n'est pas bonne...

Le cardinal congédie d'un signe Aralo et Estivel.

SCÈNE V

CISNEROS, CARDONA

CARDONA

J'ai dû encore vous défendre contre un de ces messieurs qui vous caressent si doucement.

CISNEROS

Il est étrange qu'il faille toujours « me défendre »,

alors que, depuis vingt-cinq ans, je n'ai fait que du bien à l'Église d'Espagne et au royaume.

CARDONA

Mais pas aux grands! Votre dernier coup, supprimer leurs pensions...

CISNEROS

J'ai supprimé les pensions des grands pour que le roi pût les rétablir. Je me suis chargé de leur haine pour lui acquérir leur amour.

CARDONA

Vous irritez tout le monde. D'abord en étant le maître. Ensuite, par ce que vous demandez pour vous, qui contrarie les gens. Et par ce que vous ne demandez pas, qui leur fait croire que vous leur donnez la leçon. Vous vivez dans une corbeille de reptiles. Et il va y en avoir un autre, un serpent à la tête pâle, qui s'est glissé tortueusement des Flandres jusqu'ici, pour enlacer et étouffer le brave lion de Leon. A ce propos, Monseigneur mon oncle, j'ai une requête très pressante à vous faire. Je vous demande une nouvelle charge en place de celle que vous m'avez donnée ici. Je vous demande en grande grâce de me renvoyer à mon corps, ou à un autre, au fond des provinces.

CISNEROS

Il est pourtant assez notoire que j'accorde quelquefois ce qu'on ne me demande pas, mais que je n'accorde jamais ce qu'on me demande.

CARDONA

Il y a un an que je commande votre garde au palais de la Régence. La reine Jeanne, Dieu merci, ne sait pas même que j'existe. Vous étiez le maître, et vous êtes mon oncle. Désormais il va y avoir ce jeune homme inconnu, qui ne s'annonce que par le mal qu'il fait.

Il est entouré d'étrangers qui ignorent, détestent et méprisent l'Espagne : nous sommes leurs Indiens. S'ils l'ignoraient et la détestaient seulement, on pourrait espérer. Mais le mépris est le plus impitoyable des sentiments. La cour va être un enfer. Et un jour vous ne serez plus là.

CISNEROS

Il y a trois cents hommes autour du Conseil de régence qui craignent comme vous les malignités du roi, et qui ne quitteraient pas le Conseil pour tout l'or des Indes.

CARDONA

Le jeune homme qui s'approche m'insultera comme il vous insulte. Et je ne puis pas supporter les insultes. Sous elles je perds toute maîtrise de moi. Mes mains tremblent, mes idées s'embrouillent...

CISNEROS

Vraiment ? A ce point ? — Feignez de n'avoir pas été insulté. C'est un exercice que je connais bien. Il m'est arrivé, ayant été insulté, de trouver un biais pour dire merci.

CARDONA

Vous êtes un politique. Je suis un soldat.

CISNEROS

On ne sent pas les affronts quand on a un but, et que ces affronts ne vous en détournent pas. Seulement, avez-vous un but ?

[CARDONA

A supporter les affronts, on se fait toiser.

CISNEROS

On peut supporter les affronts sur le secondaire,

Acte I, scène V

tant qu'on reste le plus fort sur l'essentiel. Vous êtes un soldat : vous devez savoir comme il importe peu, bien souvent, d'évacuer des positions.] – Écoutez autre chose. Si j'ai subi du roi quelques piques, elles ne sont rien auprès de toutes les occasions où il me traite comme je dois l'être. Je lui ai écrit maintes fois. Mes lettres n'étaient pas toujours douces. Je lui ai donné des conseils opposés au sens où il allait; je lui ai fait des remontrances, beaucoup de remontrances, sur ses dépenses et sur bien d'autres objets; je lui ai rappelé aussi que la paix de ses royaumes, et son autorité, dépendaient de la Sainte Inquisition. Il m'a toujours répondu de la manière la plus gracieuse. Tenez, il vient de m'envoyer une lettre qui est la meilleure lettre que j'aie eue de ma vie. *(Prenant une lettre dans son portefeuille.)* « Charles, roi de Castille, à François, cardinal de Tolède, notre ami bien-aimé... »

CARDONA

Ces mots me feraient frémir.

CISNEROS

Si ces mots vous faisaient frémir, c'est que vous seriez dans une disposition à frémir. Disons qu'ils sont une formule de cour. Mais la lettre a aussi du solide : le roi s'y rend bonnement à mes avis.

CARDONA

Il vous doit bien cela. Il est roi parce que vous avez réussi un acte d'intimidation, dont certains même murmurent qu'il ne manquait pas d'effronterie.

CISNEROS

C'est une décision que j'ai prise à genoux devant la Croix : comment peut-on la discuter?

CARDONA

Là où vous n'étiez pas – en Aragon, – les Cortès ont maintenu leur refus. Charles n'est pas roi d'Aragon.

CISNEROS

Au vrai, peu importe que je sois ou non « l'ami bien-aimé » du roi. Moi, j'ai à le servir. Lui, il a à se servir de moi, et à m'entendre. Il n'y a pas besoin d'amour dans tout cela. Le roi Ferdinand m'aimait-il? Il m'a abreuvé de perfidies et d'outrages, mais qui n'étaient pas des outrages : un roi est trop haut pour pouvoir outrager. Faut-il vous rappeler toutes les traverses qu'il m'a faites quand je préparais, à mes frais, à soixante-dix ans passés, la conquête d'Oran? Vous connaissez sa parole, elle est célèbre...

CARDONA

« Que le bonhomme y use sa vie et son argent »... Et cela n'était pas dit, mais écrit! Et avoir fait vérifier ensuite tous vos comptes dans votre maison, comme si vous étiez un caissier escroc!

CISNEROS

Que serait-ce qu'être fidèle si on n'était fidèle qu'à ceux qui vous aiment? Et puis, l'ingratitude est une passion. Elle donne tant de plaisir à celui qui l'exerce qu'il ne serait pas charitable de la lui refuser. [Et puis, la politique étant le réel, et la reconnaissance étant affaire de sentiment, il serait déplorable que la reconnaissance intervînt en politique : elle y fausserait tout.] Et qui donc peut se plaindre de quoi que ce soit venant des princes quand Christophe Colomb est revenu des Indes chargé de chaînes, et a vécu ses derniers jours négligé et dédaigné par Ferdinand? Quand le plus grand homme de guerre de l'époque, notre Gonzalve de Cordoue, est mort confiné dans ses terres pour y expier sa supériorité, mais recommandant sa fille au roi sur son lit de mort? Ces deux hommes avaient apporté à l'Espagne une gloire et un profit immenses, et ils ont été traités comme des chiens. Pourtant il faut adorer les injustices des rois, puisque les rois sont les ministres de Dieu sur la terre. L'ingratitude n'est pas bonne seulement en politique, elle est bonne *en soi* : elle nous rappelle que nous n'avons rien à attendre qui ne vienne de Dieu ou de nous. Et il est une autre raison pour quoi je la trouve bonne. Vous ne devinez pas laquelle?

CARDONA

Non.

CISNEROS

Vraiment, vous ne devinez pas?

CARDONA

Mais non.

CISNEROS

Parce que je suis chrétien. Quand on me frappe, je pense à mon Sauveur. Vous voyez mon visage : il est couvert de crachats comme le sien. Mais il faut que les épines entrent dans le crâne, pour que la couronne tienne bien sur la tête. J'ai cette couronne-là, si je n'en ai pas d'autre.

CARDONA

Moi, j'ai peur d'une épreuve, ou plutôt j'ai peur de moi-même : j'ai peur de ne pouvoir supporter cette épreuve. Vous me mésestimez sans doute. Plaignez-moi plutôt, de n'être pas plus sûr de moi. L'horrible chose : se sentir à la merci de quoi que ce soit qui peut vous arriver.

CISNEROS

Il s'agit donc moins de fierté que de faiblesse. Des épreuves! Comme si j'avais eu autre chose que cela toute ma vie! Depuis mon prédécesseur à Tolède qui m'a fait mettre en prison pour six ans, jusqu'à mon frère qui a cherché à m'assassiner, au général de mon ordre qui est venu vomir contre moi chez la reine, à mes subalternes qui m'ont traversé et trahi, aux grands qui me défient et se révoltent chaque fois qu'ils le peuvent. Sans cesse il y a quelqu'un d'ici qui me dénonce au roi, comme un écolier fautif. Et hier, a Villafrades, le fils du duc d'Ureña et ses amis ont fait promener dans les rues un mannequin grotesque me représentant, qu'on a fini par mettre en pièces. Mais ce sont toujours des mannequins me représentant qu'on met en pièces : ce n'est jamais moi.

CARDONA

N'avez-vous pas senti quelquefois, à votre égard, un peu de reconnaissance ?

CISNEROS

Il m'est arrivé d'entendre, la nuit, dans un rêve, me parler comme ils auraient dû me parler des gens à qui j'ai fait du bien. C'est tout.

CARDONA

Des hommes qui autrefois vous soutenaient, et qui aujourd'hui vous abandonnent.

CISNEROS

Ils me reviendront quand je le voudrai.

CARDONA

On dit cela !

UN MAJORDOME, *entrant*.

Monseigneur, M. le chapelain Ortega est là. Il dit que vous lui avez accordé une audience à onze heures.

CISNEROS

Fais-le entrer *(A Cardona qui fait mine de se retirer.)* Restez. Ce chapelain appartient au duc de l'Infantado. Le duc est en procès avec le comte de Corogne. Son procès est mauvais mais le duc paye si bien qu'il y a des années que l'affaire était en sommeil. Je l'ai réveillée, on a jugé, et le duc a perdu. Je suis curieux de savoir ce qu'il me fait dire, et d'autant plus qu'on m'a prévenu que le chapelain n'est pas une lumière. En fait d'études théologiques, il a surtout été chantre à la chapelle du roi Ferdinand. Écoutons ce qu'il va nous chanter.

SCÈNE VI

LES MÊMES, LE CHAPELAIN ORTEGA

CISNEROS

Or çà, Monsieur le chapelain, vous avez à me parler de la part du noble duc. Voyons ce qu'il vous a chargé de me dire.

Le chapelain se jette aux pieds du cardinal. Il baise sa ceinture de corde, puis lui baise les mains, puis tente de lui baiser les pieds, mais n'y parvient pas, et lui fait signe que c'est son ventre qui l'empêche de se baisser davantage.

LE CHAPELAIN

Monseigneur, que Votre Seigneurie révérendissime me pardonne ce que je vais lui dire. Tout m'a été dicté par le noble duc, mon maître. J'ai tout inscrit. *(Il montre un papier.)* Rien n'est de moi. Moi, je crois que Votre Seigneurie révérendissime est le plus grand homme d'Espagne, qu'elle est le miroir de la vérité et le soleil de la justice...

CISNEROS

Oui, je sais.

LE CHAPELAIN

Donc, je ne fais qu'obéir, et suis pardonné d'avance?

CISNEROS

Oui, allez.

LE CHAPELAIN, *jetant un coup d'œil sur son papier.*

Premièrement, le noble duc m'a chargé de vous dire que vos méthodes pour convertir les Arabes, avec des sévices et des cadeaux, étaient indignes d'un chrétien. *Item,* que vous étiez un tyran, le duc a répété le mot trois fois *(regardant son papier),* il est souligné trois fois sur mon papier. *Item,* que c'était le roi catholique qui avait financé l'expédition d'Oran, et non vous, comme vous cherchiez à le faire croire... Oh! Monseigneur, dans tout cela, c'est le noble duc qui parle. Moi... *(Il se jette à genoux, baise sa corde et ses mains, tente de lui baiser les pieds, mais n'y parvient pas, avec le même geste que précédemment.)*

CISNEROS

Est-ce tout?

LE CHAPELAIN

Oh! que non! Mais puis-je continuer?

CISNEROS

Sûrement.

LE CHAPELAIN

Attendez, il faut que je regarde mon papier. *Item,* que votre façon de faire la guerre en Navarre a étalé une barbarie toute nouvelle et qui a choqué jusqu'à vos partisans. Parce qu'il vous arrive — a-t-il dit — de préférer votre méchanceté à vos intérêts, ce qui est fâcheux pour un homme d'État. Est-ce qu'il a dit « méchanceté »? *(Regardant son papier.)* Non, il a dit « dureté ». De préférer votre dureté à vos intérêts. *Item,* que... Oh! Monseigneur! *(Il se jette à ses pieds comme les autres fois.)* Non, je ne continuerai pas. Dieu me pardonnera d'avoir désobéi à mon maître.

CISNEROS

Et moi, Monsieur le chapelain, ai-je le droit de répondre au noble duc?

LE CHAPELAIN

Oui, Monseigneur.

CISNEROS

Mais vous souviendrez-vous bien de ce que vous aurez à lui dire? Vous semblez n'être pas très sûr de votre mémoire, puisque vous avez un petit papier. Voulez-vous noter?

LE CHAPELAIN

Oui, Monseigneur.

CISNEROS

Eh bien, vous direz au noble duc qu'il est un imbécile.

LE CHAPELAIN

Oui, Monseigneur.

CISNEROS

Ensuite, vous l'embrasserez de ma part, car c'est un bon homme, malgré tout.

LE CHAPELAIN

Oui, Mon... Ah! non, ça, je n'oserai jamais.

CISNEROS

Vous avez bien osé me dire tout ce que vous venez de me dire.

LE CHAPELAIN

J'obéissais, Monseigneur! J'obéissais! Vous n'allez pas me mettre en prison? *(Il se jette à ses pieds.)*

CISNEROS, *riant aux éclats.*

Retirez-vous, Monsieur le chapelain. Et que Dieu vous garde. Je souhaite au noble duc d'avoir toujours beaucoup de serviteurs tels que vous. Mais, un conseil : ne redevenez pas chantre. Restez chargé de missions; c'est pour cela que vous êtes fait.

SCÈNE VII

CISNEROS, CARDONA

CISNEROS

Que pensez-vous de cette bonne farce?

CARDONA

Que vous êtes bien indulgent.

CISNEROS

Et moi je pense que ce pauvre diable est bien courageux. Après tout, je pouvais le faire arrêter.

CARDONA

Et vous avez ri!

CISNEROS

Je vous l'ai dit : être insulté m'amuse.

CARDONA

Ce qui prouve que vous n'aimez pas beaucoup les hommes.

CISNEROS

Je gouverne; je sers donc les hommes. Pourquoi ai-je ri? J'ai ri, de sentir que je ne souffrais pas de ce qu'il me disait. Je ne souffre pas des hommes qui m'insultent; je souffre des hommes qui m'indignent. Cet intermède est venu à point. Il vous a montré de ces affronts dont je vous parlais, qu'on ne sent pas quand on a un but, et qu'ils ne vous en détournent pas. Je suis comme un vieil arbre tout pointillé de coups de bec par les pics : il n'en a pas perdu une goutte de sa force pour cela. Ou comme un fleuve que les enfants criblent de pierres, et qui continue. Je sais bien qu'il me faudra disparaître, mais cela n'est pas pour demain. Qu'on ne m'ennuie pas avec ma mort. J'ai autre chose à faire qu'à mourir. J'ai des affaires à régler, et non à me préparer à la mort. La nature peut contre moi; les hommes, eux, n'ont jamais rien pu de sérieux contre moi. [Mon autorité est établie sur des fondements si solides, et j'ai si bien pris mes mesures contre tout ce qui pourrait l'ébranler, qu'il n'est rien que je ne puisse supporter avec indifférence, ou entreprendre avec succès, tant que je n'aurai pas rendu mes pouvoirs au roi.] Ceux qui me veulent du mal me donnent un spectacle comique, mais cela est difficile à leur faire comprendre. Sachez que je fais ce qu'il faut pour qu'on me haïsse, et que je remonte quand bon me semble cette machine de haine. Celui à qui vous parlez vit toujours sous des menaces, et juge que c'est cela qui lui permet de vivre. Les menaces l'empêchent de somnoler.

CARDONA, *ironique.*

Je suis convaincu que votre énergie, le soir, suffit seule à vous empêcher de dormir!

CISNEROS

Il est vrai que je n'ai jamais moins dormi qu'à présent.

CARDONA

Vous travaillez trop.

CISNEROS

Je ne travaille pas trop. Si j'ai vécu jusqu'à l'âge que

j'ai, c'est parce que j'ai servi la religion et l'État. Si je n'avais pas servi la religion et l'État, je serais mort il y a vingt ans.

CARDONA

Je comprends que, lorsqu'on se lève chaque jour à deux heures du matin, on se croie tenu d'être exigeant pour les autres.

CISNEROS

Je ne dors pas la nuit pour que ces autres puissent dormir, à l'ombre de mes veilles.

CARDONA

Mais il y en a qui sont un peu agacés de respirer auprès de vous un air trop fort.

CISNEROS

Vous, par exemple. Faut-il que j'avoue des faiblesses que je n'ai pas, pour vous faire plaisir? Je parle sans fausse honte de cette force parce que c'est une force qui m'est donnée. Personne que Dieu ne pourrait faire surgir tant de force de tant de fatigue...

CARDONA

Oui, vous avez le visage fatigué.

CISNEROS, *avec violence*.

Laissez donc en paix mon visage.

CARDONA

La cornée de vos yeux est jaune. Regardez-vous dans la glace.

CISNEROS

Mêlez-vous de ce qui est important, et non de ce qui ne l'est pas.

CARDONA

Moi, à cette heure, j'avoue une faiblesse que j'ai. C'est une heure où je suis vulnérable; vous savez pourquoi.

CISNEROS

Un rhume de cerveau peut-être? Avec ces premiers froids de novembre...

CARDONA

Non, Monseigneur, une petite fille de neuf ans — ma fille — qui est morte la semaine passée. Mais cela, Monseigneur, vous l'avez déjà oublié; et d'ailleurs, comme il est naturel, vous ne savez pas ce que cela peut être.

CISNEROS

Vous avez encore quatre enfants à élever pour qu'ils servent Dieu.

CARDONA

J'ai besoin d'une barrière de sympathie pour me protéger contre je ne sais quoi. Ces moments où l'on est comme les moribonds, qui ont envie qu'on leur tienne la main... Je vous répète : envoyez-moi quelque part où je sois éloigné des intrigues de la cour et de ce qu'elles peuvent avoir de redoutable. Les gens en place sont horribles. Les courtisans du pouvoir m'écœurent.

CISNEROS

On vitupère les courtisans du pouvoir. Ensuite on a recours à eux.

CARDONA

Je ne suis pas un habile; ce que j'aime, c'est commander cinq cents hommes bien simples, très contents de mourir ils ne savent au juste pour quoi. A la cour, si on se tient à l'écart des intrigues, on est en danger parce qu'on est seul; si on s'y mêle, on est en danger parce qu'elles vous lient. Si on lève la tête, on est écrasé; si on la baisse, on est méprisé. Qui sert mal est puni par le prince; qui sert bien est puni par l'envie. Il y a là tout un jeu où je suis vaincu d'avance. Je m'y vois déjà comme le roi sur l'échiquier, quand il est mat, coincé par toutes les pièces adverses.

CISNEROS

On se tire toujours de l'inextricable. J'en suis un exemple. Bien des choses qui paraissaient de grands problèmes n'en sont plus quand on a le nez dessus.

CARDONA

J'ai échappé à la reine parce qu'elle vit recluse et ne me connaît pas. Dépendre des lubies d'une folle toute-puissante, avec cela méchante et haineuse, comme les femmes des empereurs de Rome... Nous savons bien qu'elle est capable de tout.

CISNEROS

Dieu met la main aux grands événements. Il laisse les autres au gré du hasard.

CARDONA

Minuscule événement que je suis, je vous demande de diriger mes hasards.

CISNEROS

Votre femme?

CARDONA

Leonor est tout acquise à l'idée que nous quittions Madrid.

CISNEROS

Leonor est-elle toujours gorgée de romans de chevalerie?

CARDONA, *sec.*

Leonor lit des romans de chevalerie, — comme tout le monde.

CISNEROS

Si Leonor souhaite que vous quittiez Madrid, je vois donc que vous parlez sérieusement.

CARDONA

Très sérieusement. *(Avec exaltation.)* Éloignez-moi des fauves; renvoyez-moi avec mes soldats. Je ne demande qu'une chose : être oublié du pouvoir! être oublié du pouvoir! Car il n'y a pas le pouvoir, il y a l'abus de pouvoir, rien d'autre. Si naïf que je sois, j'ai appris cela quand même.

CISNEROS

Ici?

CARDONA, *prudent.*

Partout...

CISNEROS

Eh bien! non, Luis, vous resterez à Madrid.

CARDONA

Parce que vous ne voulez pas avoir honte de moi?

CISNEROS

Parce que je veux vous soutenir contre votre part mauvaise, comme se doit de le faire quelqu'un qui vous aime. Je vous aime beaucoup, mon cher Luis, en souvenir de votre mère...

CARDONA

Vous m'aimez en souvenir de ma mère?

CISNEROS

En souvenir de votre mère, et pour vous-même. Et c'est parce que je vous aime et parce que vous êtes de ma famille que j'agis ainsi : à cause de mon amour pour vous, à cause de mes devoirs envers vous, à cause de l'honneur de la famille, et aussi parce qu'étant votre parent je dois vous traiter plus sévèrement que les autres.

CARDONA

Je reconnais là votre charité.

CISNEROS, *les yeux brûlants.*

Ma charité? Aux Indes, en Afrique, j'ai donné la foi à des centaines de milliers d'êtres. J'ai fait d'eux des âmes. Cela est la charité, il me semble. Il y a cette charité-là, que j'ai, et il y a l'amour de Dieu, que j'ai : voilà beaucoup d'amour. Mais il s'agit d'autre chose. Vous craignez le roi. Vous auriez craint la reine, si elle vous avait connu. Tout cela est indigne de vous et de nous. Ce n'est pas tout qu'être père de quatre enfants; il faut encore être homme, et non soi-même enfant. Et ce n'est pas tout qu'avoir le courage militaire; il faut avoir aussi le courage privé. Quand un gamin a peur de nager, on le jette à l'eau.

CARDONA

Il y a des enfants qu'on jette à l'eau pour qu'ils nagent, et ils se noient. On n'oblige pas les gens à avoir du courage dans un sens où ils n'en ont pas : c'est assez qu'ils en aient ailleurs. [Je n'ai pas peur des hommes en armure; j'ai peur des hommes en pourpoint.] Je suis courageux et craintif, robuste et fragile : est-ce que vous ne comprenez pas cela?

CISNEROS

Vous n'avez pas à être ce que vous êtes, mais à être ce que vous devez être.

CARDONA

Et il ne faut pas non plus forcer les gens dans les

toutes petites choses, sans nécessité certaine. Mais vous voulez qu'on soit comme vous : courageux parmi les traquenards de Madrid, et courageux à la guerre d'Afrique. Comme vous! Toujours comme vous! Toujours vous en exemple! Et c'est vrai, que faire sinon se montrer, quand on s'est hissé aussi haut que vous l'êtes? — Pourtant, j'y songe, quand vous n'avez pas voulu confier le commandement de l'expédition d'Oran à Gonzalve, à qui il revenait de façon si éclatante, parce que le roi ne l'aimait pas, était-ce là du courage?

CISNEROS

Vous jugez de choses que vous ne connaissez pas et que, même si vous les connaissiez, vous ne comprendriez pas. Et puis, méfiez-vous de l'insolence. Il n'y a rien de plus drôle que quelqu'un qui n'est pas fait pour l'insolence et qui s'efforce d'être insolent, afin de se mettre au ton d'un insolent-né, dont il souffre.

CARDONA

Vous qui méprisez avec tant d'allégresse, savez-vous que les Albe, les Infantado, les Estivel, enfin les très grands, eh bien...

CISNEROS

Eh bien?

CARDONA

Non, on ne peut pas dire cela.

CISNEROS

Dites-le, je vous l'ordonne.

CARDONA

Eh bien, pour eux, malgré tout et au bout de tout, vous êtes resté le petit frère d'autrefois : ils vous méprisent.

CISNEROS

J'aime leur mépris.

CARDONA

Quelle parole! Le comble de l'humilité, ou le comble de l'orgueil?

CISNEROS

Cessez donc de vous occuper de ce que je suis.

CARDONA

Pourquoi supportez-vous d'entendre de votre bouffon, de ce nain répugnant, ce que vous ne supportez pas d'entendre de moi? Vous êtes fier d'avoir maintenant encore tant d'insolence. Mais qu'importe, puisqu'elle tombera tout d'un coup? La partie est perdue, vous le savez bien. Pourquoi hennir et se cabrer, quand tout finit par la résignation? A quoi bon étreindre d'une main si ferme, puisque la main d'un moment à l'autre va s'ouvrir? Pourquoi être impitoyable, quand dans un instant on sera digne de pitié? Il faut que les choses aient un sens. Votre énergie est quelque chose qui n'a plus de sens. Peut-être même verrez-vous s'écrouler sous vos yeux des pans entiers de ce qu'il vous a fallu une vie pour construire. Il n'y a plus d'issue pour vous que sur le terrible.

Cisneros a comme un frémissement et veut se lever, mais il ne le peut qu'avec peine. Cardona s'approche de lui pour l'aider. Le cardinal le repousse et se dresse, très droit.

CISNEROS

Jusqu'à mon dernier souffle, je garderai ma raison d'être. — Notre entretien est terminé.

CARDONA

Pardonnez-moi. Mais vous m'avez blessé au moment

où il fallait vous en garder bien, et vous le saviez. Je suis un homme sensible...

CISNEROS

Je n'ai que faire des hommes sensibles.

Le cardinal se met en marche, prenant un peu appui sur le rebord de la table, durant qu'il la longe. En passant devant une glace, il jette un coup d'œil furtif sur son visage reflété dans la glace.
Exit Cardona, avec violence.

SCÈNE VIII

CISNEROS, *puis* VARACALDO, *puis* ARALO *et* ESTIVEL

Le cardinal reste un moment immobile, puis il agite une sonnette. Varacaldo entre.

CISNEROS

Rejoignez don Luis qui vient de sortir, ou faites porter un billet chez lui s'il est déjà dehors. Qu'il soit ici demain matin à six heures. Il m'accompagnera chez la reine. Elle ne le connaît pas. Elle va le connaître. *(Exit Varacaldo.)* Ami Luis, nous vous apprendrons qu'il faut avoir le courage chevillé au corps. Parce que, si on n'a pas le courage chevillé au corps...

ARALO, *entrant, avec Estivel.*

Monseigneur, l'archevêque de Grenade est là, et souhaite d'être reçu par vous.

CISNEROS

Qu'on me laisse seul. J'ai à travailler avec Vallejo. Je recevrai l'archevêque avant le repas de ce soir.

Il entre, à gauche, dans ses appartements.

ARALO, *à Estivel.*

Il aurait mieux fait de recevoir l'archevêque. Agir comme si on avait encore la puissance, quand on ne l'a plus, ou quand on ne l'a plus toute, rien de plus dangereux. Mais soyons justes : il est tellement intrépide qu'il ne peut vivre en dehors du danger.

ESTIVEL

Chacun creuse sa tombe.

SCÈNE IX

ARALO, ESTIVEL, CARDONA

CARDONA, *avec émotion.*

Le cardinal n'est plus ici?

ARALO

Il vient de rentrer dans ses appartements. Il veut ne recevoir personne.

Cardona ouvre la porte des appartements, mais un valet, de l'intérieur, lui parle, et il revient en scène.

CARDONA

Le cardinal me commande de l'accompagner demain chez la reine!...

ARALO

Vous qui vous réjouissiez tant d'être ignoré d'elle! D'où vient cet étrange honneur?

CARDONA

Il me trouvait pusillanime! Il veut me mettre à l'épreuve!

ARALO

Il est Castillan : tout ce qui n'est pas dur l'exaspère.

ESTIVEL

Don Luis, il y a en vous la charmante innocence des combattants valeureux. Faut-il donc vous apprendre que votre oncle n'est pas quelqu'un sur qui vous puissiez vous reposer en toute confiance?

CARDONA

Oui, il faut me l'apprendre : cela me sera utile. Vous connaissez des faits précis?

ESTIVEL

En assez grand nombre.

CARDONA

Par exemple?

ARALO

Nous n'allons pas vous dresser contre votre oncle quand vous lui êtes attaché si gentiment.

CARDONA

Je lui suis attaché parce qu'il ne m'a fait que du bien, du moins je le croyais. Mais si j'apprenais de façon certaine...

ESTIVEL

Avez-vous quelquefois touché sa main glacée? Qu'attendez-vous de cet homme?

ARALO

Demain le roi sera là. La reine peut faire pour son fils ce qu'elle n'a fait pour personne : sortir de sa tanière, s'allier avec lui. Ce jour-là, le cardinal ne comptera plus. Songez à vous dans ce branle-bas qui s'annonce.

CARDONA

J'y ai songé. Je ne veux que le fuir, et j'ai demandé au cardinal de me renvoyer à mon corps. Il a refusé brutalement. Et il m'emmène avec lui chez la reine, qui peut se mettre en tête de vouloir pour moi Dieu sait quoi!

ESTIVEL

Si le cardinal meurt, ou s'il perd son crédit, qu'importerait au roi que vous quittiez Madrid? Il suffirait qu'on vous appuyât un peu.

ARALO

Et l'on s'y emploierait de bon cœur.

ESTIVEL

D'ailleurs, pourquoi quitter Madrid? Il va y avoir deux partis : les Flamands et nous. La fourberie va devenir une vertu nationale. Vous avez peut-être intérêt à rester.

CARDONA

Je suis un homme loyal et simple. La situation que vous me décrivez me fait horreur. — Mais quels sont ces faits que vous connaîtriez, où le cardinal aurait agi contre moi?

ESTIVEL

Patience. Vous avez bivouaqué, vécu en vue de l'ennemi : ne pouvez-vous supporter un peu d'anxiété?

CARDONA

De l'anxiété? Vous rêvez. Je respecte en mon oncle l'auteur de tant de grandes choses. Je respecte aussi ce vieil homme qui se crispe, toujours en butte à tous, et qui tient tête à tous. Oui, j'ai touché sa main glacée. Et après? J'ai eu pitié de lui. Je ne l'abandonnerai pas. Vous perdez votre peine. A la grâce de Dieu.

ESTIVEL

A la grâce de Dieu. A la grâce du Diable.

CARDONA

D'ailleurs, ne me prenez pas pour un naïf. Je sais sur mon oncle des choses...

ARALO

Tiens! Quoi donc?

CARDONA

Rien. — Rien en tout cas que je vous dise jamais.
Exit Cardona.

SCÈNE X

ESTIVEL, ARALO

ESTIVEL

Vous avez vu comme on peut l'insulter impunément?

ARALO

C'était à prévoir.

ESTIVEL

Le prévoir à quoi?

ARALO

A ses yeux. Il a des yeux de lâche. Cela ne peut se celer.

ESTIVEL

Le plus singulier est qu'il est très sincère quand il se dit un homme loyal.

ARALO

Et que peut-il « savoir » sur son oncle?

ESTIVEL

Rien, j'imagine, comme il nous l'a dit.

ARALO

Enfin, pour le moment, voilà un bon neveu.

ESTIVEL

Et voilà un oncle qui se croit en sûreté, parce que rien en ce moment ne lui arrive. Mais les armées marchent la nuit.

ACTE II

> « Cisneros : *Elle voit l'évidence, et c'est pourquoi elle est folle.* »
>
> Acte III, scène II.

> *Toute l'histoire du monde est une histoire de nuages qui se construisent, se détruisent, se dissipent, se reconstruisent en des combinaisons différentes, — sans plus de signification ni d'importance dans le monde que dans le ciel.*
>
> H. M.
> *Carnets*, p. 41, année 1931.

Le lendemain.
La chambre de la reine Jeanne, dans son château de Madrid. Sans être précisément tendue de noir, la pièce est tout entière dans une tonalité de noir et de gris. Une petite fenêtre grillée. Un lit à baldaquin, très simple, un fauteuil à dossier droit, très haut, monté sur une estrade de trois marches, une chaise, un tabouret. Impression de vétusté morose.

SCÈNE PREMIÈRE

DEUX DEMOISELLES D'HONNEUR

PREMIÈRE DEMOISELLE D'HONNEUR

Sa Majesté a bien voulu déjeuner un peu ce matin. Comme elle s'était enfermée à double tour, on avait posé les plats par terre devant sa porte. Mais, hier, il paraît qu'il a fallu lui lier encore les bras avec la corde, et la faire manger de force, tant elle se débattait : oh! quelle horreur! Elle était restée trois jours sans manger, ni parler, ni dormir, assise, son menton sur sa main. Et nous, qui ne pouvions même pas la déshabiller pour qu'elle se couche!

DEUXIÈME DEMOISELLE D'HONNEUR

Elle jette la nourriture par la fenêtre, pour faire croire qu'elle a mangé. Tiens, elle a encore caché un plat garni sous le coffre... *(Elle saisit le plat.)*

PREMIÈRE DEMOISELLE D'HONNEUR

Quelquefois elle est comme une bête, et puis soudain, sur elle, il passe un reflet de royauté... Penser que c'est la même dame qui, la semaine dernière, répondait dans le meilleur latin, paraît-il, à M. le Chanoine Silvana! Et même discutait avec lui! Mais d'abord elle avait eu peur. Quand se présente à elle quelque chose du dehors, on dirait un oiseau de nuit jeté à la lumière et aveugle, dans un monde dont elle ne sait rien, et ne veut rien savoir.

DEUXIÈME DEMOISELLE D'HONNEUR

Quelle vie pour la petite infante! Avoir dix ans, et croupir dans cette oubliette, auprès d'une mère folle et qui se désintéresse d'elle! Qui reste huit jours sans la voir, puis ne peut plus se passer de sa présence, puis l'oublie à nouveau.

PREMIÈRE DEMOISELLE D'HONNEUR

Elle arrive. On vient de l'habiller pour l'audience. Elle doit être furieuse d'être vêtue convenablement, elle qui vit en loques. Gare à nous.

SCÈNE II

LA REINE JEANNE, DOÑA INÈS MANRIQUE,
Dame d'honneur, LES TROIS DEMOISELLES D'HONNEUR,
D. FELIPE UHAGON, DEUX VALETS MAURES

La reine entre, Uhagon à son côté. Un peu en retrait, Doña Inès Manrique, les trois demoiselles d'honneur, et deux valets maures. Ceux-ci resteront debout à l'arrière-plan.
La reine est vêtue d'une large robe de drap noir; autour du visage, une coiffe blanche. Elle est enveloppée de la tête aux pieds d'un long voile noir. Son aspect est celui d'une religieuse. Elle a la face émaciée et blême, les yeux cernés, le regard tantôt dur, tantôt douloureux et tantôt absent. Elle tiendra souvent les mains cachées dans les manches de sa robe. Parfois, durant la scène III, quand elle prendra la parole, elle les crispera, dans son effort pour parler, sur les bras de son fauteuil. Il n'est malheureusement pas possible de montrer au spectateur (au-delà du troisième rang de l'orchestre) que ses ongles sont noirs.
Toutes ses répliques à Uhagon, au début de la présente scène, sont prononcées avec beaucoup de dignité.

LA REINE

Je ne signerai pas ces actes. Je ne connais pas les dossiers. On ordonne seulement dans une question que l'on connaît bien, et, cela, surtout quand on règne.

UHAGON

J'ai eu l'honneur de résumer pour Votre Majesté l'état de chacune de ces affaires.

LA REINE

On ne juge pas sur un résumé, mais sur un dossier détaillé. Les détails sont tout.

UHAGON

Il est impossible de donner aux rois un détail minutieux de chacune des affaires du royaume!

LA REINE

On devrait donc signer n'importe quoi au hasard, quand le sort d'êtres humains dépend de votre signature. Je ne signerai pas.

UHAGON

Voilà plus de trois semaines, Madame, que ces affaires demeurent en suspens, faute de votre signature...

LA REINE

Il faut toujours tout remettre au lendemain. Les trois quarts des choses s'arrangent d'elles-mêmes. — Je vous ai assez parlé.

Exit Uhagon.

LA REINE, *sur un tout autre ton, aux dames d'honneur.*

Je l'ai giflé, il m'a rendu le coup, je l'ai giflé encore, il me l'a encore rendu, et toujours il était plus rapide que moi. Vous l'auriez vu! Il avait les yeux fermés, de colère, et sa moustache était hérissée au-dessus de ses dents découvertes.

PREMIÈRE DEMOISELLE D'HONNEUR

Si Votre Majesté se bat sans cesse avec ses chats...

LA REINE

Un chat en rut a dévoré ma mère et moi aussi me dévorera. Déjà mes mains sont couvertes d'égratignures. *(Elle baise une de ses mains.)*

PREMIÈRE DEMOISELLE D'HONNEUR

Et votre visage! Est-ce un des chats qui a égratigné votre visage?

LA REINE

Non, ce sont les chauves-souris qui volettent sans cesse autour de ma tête. Ah! que je suis malheureuse. Tout le monde me veut du mal.

DEUXIÈME DEMOISELLE D'HONNEUR

Il y a aussi des gens qui vous aiment, Madame.

LA REINE

Oh non! Qui pourrait m'aimer?

DEUXIÈME DEMOISELLE D'HONNEUR

Vous avez un peuple fidèle.

LA REINE

Où cela?

DEUXIÈME DEMOISELLE D'HONNEUR, *soulevant le rideau de la fenêtre.*

Là.

LA REINE, *avec un geste de frayeur, se détournant de la fenêtre.*

Oh! Dieu!

DOÑA INÈS

Vous ne pensez guère à Dieu, Madame, mais vous invoquez son saint nom.

LA REINE

Comment ne nommerait-on pas Dieu, quand on crie?

DOÑA INÈS

M. le Cardinal, lui aussi, ne vous veut que du bien. C'est lui qui nous a mises auprès de vous pour vous servir honorablement, à la place des méchants qui vous négligeaient avant nous.

LA REINE

J'aimais l'oubli et l'abandon où j'étais. J'y reposais comme au fond de la mer.

DOÑA INÈS

Et être maltraitée, aimiez-vous être maltraitée ?

LA REINE

Je ne sais pas.

TROISIÈME DEMOISELLE D'HONNEUR

Votre Majesté n'est-elle pas contente de revoir bientôt son royal fils ?

LA REINE

Je ne sais pas. Ce qui devrait me faire plaisir ne me fait pas plaisir, mais ce qui devrait me faire de la peine m'en fait.

DOÑA INÈS

M. le Cardinal a fait préparer aussi pour vous des chambres arrangées en vue de l'hiver, qui s'annonce si rude, avec des nattes sur le carreau, des tapisseries aux murs, des bourrelets aux fenêtres. Et des chambres exposées au soleil, s'il doit y avoir un peu de soleil. Et Votre Majesté ne veut pas y aller ! Changer cette chambre de mort contre des chambres de vie !

LA REINE

Une veuve ne recherche pas un autre soleil, quand son unique soleil s'est éteint pour toujours. C'est contre ma volonté que ces arrangements ont été faits. Je ne bougerai pas d'ici. D'ailleurs, ces chambres sont trop loin.

DOÑA INÈS

Trop loin !... Elles sont à l'autre bout du couloir, Madame, à quelques pas !

LA REINE

Quelques pas, c'est beaucoup. Tout est si loin! Tout est si loin! *(Regardant son habit.)* Pourquoi m'avez-vous vêtue de satin et de soie? Le drap habituel eût suffi.

PREMIÈRE DEMOISELLE D'HONNEUR

Mais cette robe est de drap, Madame!

LA REINE

M'habiller est toujours le pire moment de la journée, car c'est m'habiller pour quoi? Pour rien. Alors, à quoi bon m'habiller? — Qu'il me déplaît de mettre ces beaux habits! Cela va les user. — Oh! il y a un bouton à recoudre. Vous me mettez un vêtement neuf, et vous n'avez même pas vu qu'il y a un bouton à recoudre. *(Elle se lève, saisit une paire de ciseaux sur une table, et cherche à en frapper la troisième demoiselle d'honneur, qui s'enfuit.)* Viens ici, que je te tue! Fille de rien, plus ordurière que la mère qui t'a enfantée! Quand tu m'habilles, tu me piques toujours avec les épingles, exprès!

DOÑA INÈS

Madame, ces ciseaux! Je vous en prie!

La reine se laisse désarmer très facilement par Doña Inès. Durant toute cette scène, les deux valets maures sont restés debout à l'arrière-plan, imperturbables.

LA REINE, *sans transition, sur le ton le plus calme.*

Je vais recoudre ce bouton moi-même. Tout ce qui est bien cousu dans mes habits, c'est moi qui l'ai cousu.

DOÑA INÈS, *bas.*

Toujours les petites choses...

LA REINE

Les grandes choses sont sans importance. Les petites choses en ont.

DOÑA INÈS

Votre Majesté devrait se laver les mains.

LA REINE

Non.

DOÑA INÈS

Seulement un peu. Le bout des doigts.

LA REINE

Non. Cela les salirait.

LE MAJORDOME, *entrant*.

Sa révérendissime Seigneurie arrive à la porte du palais.

LA REINE

Je ne me sens pas bien. Je crois que je vais perdre connaissance.

DOÑA INÈS

Madame, tenez-vous, faites un effort. Relevez votre voile.

LA REINE

Oh! il va me voir. — Il parle plus fort que moi. Il va vouloir me faire signer des choses. Je ne signerai rien. Est-ce qu'il y aura des notaires pour marquer tout ce que je dis?

DOÑA INÈS

Mais non, Madame!

LA REINE

Je ne le recevrai pas, je n'en ai pas la force. Il faut lui dire que je suis malade...

DOÑA INÈS

Ce n'est pas possible, Madame! Il est en bas. Il va entrer.

PREMIÈRE DEMOISELLE D'HONNEUR

On a réparé votre clavicorde. Votre Majesté pourra en jouer, aussitôt que Sa Seigneurie sera partie.

LA REINE

Non.

PREMIÈRE DEMOISELLE D'HONNEUR

N'aimez-vous pas le clavicorde?

LA REINE

Non.

PREMIÈRE DEMOISELLE D'HONNEUR

Vous en jouez cependant quelquefois.

LA REINE

J'en joue, mais je ne l'aime pas.

Bruit à la porte.

DOÑA INÈS

N'oubliez pas, Madame, — il y a si longtemps que vous n'avez pas reçu Sa Seigneurie... — d'aller un peu à sa rencontre, de lui baiser l'anneau...

LA REINE, *avec passion.*

Je me ferais tuer plutôt que de baiser la main d'un homme!

SCÈNE III

LA REINE, LE CARDINAL CISNEROS *et* SA SUITE,
puis LA REINE *et* CISNEROS *seuls.*

Des valets ouvrent la porte. Duque de Estrada entre et dit : « Madame, le Cardinal d'Espagne. » *Le cardinal paraît : il est en grande tenue cardinalice (coiffé du grand chapeau), quoique avec les pieds nus comme au premier acte. Il est précédé d'un diacre portant la haute croix d'argent qui désigne le Primat des Espagnes, entouré de six moines franciscains, et suivi de plusieurs seigneurs, qui s'arrêtent aux entours de la porte, sauf Cardona, qui entre. Aussitôt que le cardinal est entré, la reine a baissé davantage son voile. Tout le monde, sauf le cardinal, met un genou en terre.*
La reine descend de son estrade, va d'un pas vers le cardinal et esquisse la révérence. Elle fait le geste de lui baiser l'anneau; lui, il fait le geste de lui baiser la main, mais la reine retire vivement la main, l'essuie à sa robe, et ensuite la lui tend. Le double baisement de l'anneau par la reine et de la main par le cardinal n'est qu'ébauché de façon confuse, comme pour ne pas appuyer sur un protocole délicat. La reine remonte à son fauteuil, où elle s'assied. Estrada fait signe qu'on apporte une chaise au cardinal, et le cardinal s'assied sur la chaise devant la reine, Cardona restant toujours un genou en terre. Estrada fait signe que les autres personnages se retirent, ainsi que les valets maures, et se retire lui-même. Seuls demeurent la reine, le cardinal et Cardona.

LA REINE

Le chapeau, Cardinal.

> *Un instant interdit, le cardinal fait tomber en arrière son chapeau (retenu par des brides).*

CISNEROS

Madame, il y a un an que Votre Majesté m'a interdit l'entrée de son palais...

LA REINE, *désignant Cardona.*

Qui est cet homme?

CISNEROS

Le capitaine Cardona, mon petit-neveu, pour qui le service du royaume...

LA REINE

Qu'il sorte. *(Un silence. A Cardona.)* Sors. *(Au cardinal.)* Je n'aime pas les visages.

> *Cardona se retire, mais on sentira sa présence, dans la pièce d'entrée, contre la porte entrebâillée de la chambre royale.*

CISNEROS

Madame, la présence du capitaine Cardona avait été acceptée par Votre Majesté...

LA REINE

Vous avez voulu me parler. Qu'avez-vous à me dire?

> *Un silence.*

CISNEROS

Madame, depuis un an vous avez refusé de me donner audience. Pourtant vous le faites enfin, et j'en rends grâces à Votre Majesté. C'est que la circonstance est de poids. Le roi votre fils sera dans quelques jours à Madrid.

LA REINE

Toujours des faits! Toujours des faits!

CISNEROS

Vous recevrez le roi, n'est-ce pas, comme vous l'avez promis?

LA REINE

Non.

CISNEROS

Comment! le fils du grand roi qui a été l'unique affection de votre vie!

LA REINE

Oui, je le recevrai. Quel âge a-t-il? Il doit bien avoir trente ans.

CISNEROS

Il a dix-sept ans.

LA REINE

L'âge où je me suis mariée. Le roi en avait dix-huit.

CISNEROS

Madame, il faut que vous...

LA REINE

Il « faut que je »?

CISNEROS

Il est très souhaitable, dans l'intérêt de l'État, que vous receviez le roi entourée d'une certaine pompe, que vous usiez de cet événement pour vous montrer au peuple, même si vous refusez de participer aux affaires. Les petites gens se prennent avec de l'ostentation.

LA REINE

C'est pour cela que vous avez les pieds nus? Avec un saphir au doigt.

CISNEROS

J'ai les pieds nus parce que je suis moine franciscain. J'ai un saphir au doigt parce que je suis cardinal, et que le pape m'a ordonné de paraître comme un cardinal doit paraître.

LA REINE

C'est juste.

CISNEROS

Il y a onze ans que Votre Majesté n'assiste plus à aucune cérémonie, qu'elle ne se laisse plus voir par personne. Je sais que Votre Majesté a ses raisons...

LA REINE

Mes raisons sont que cela me plaît ainsi.

CISNEROS

Vous ne gouvernez pas, et vous ne sortez pas. Mais on ne vous reproche pas de ne pas gouverner. On vous reproche de ne pas sortir.

LA REINE

Autrefois, je voulais sortir, et on ne me permettait pas de sortir.

CISNEROS

Aujourd'hui vous vous cachez tellement qu'il y en a qui croient que vous êtes morte.

LA REINE

J'aime beaucoup que l'on me croie morte. Vous ne posez jamais le regard sur moi : mon visage vous fait peur? Vous voyez ces marques? Ce sont les chauves-souris. Elles sont sans cesse autour de ma tête. Je ne veux pas me montrer parce que mon visage fait peur. Et je ne veux pas parler parce que, quand je parle, je ne peux plus cacher que je suis folle. Un peu de douceur me guérirait, mais je sais que c'est demander beaucoup.

CISNEROS

Personne n'a jamais dit que vous étiez...

LA REINE

Si, vous, avant quiconque. Nul n'a voulu avec plus d'âpreté que vous que je sois prisonnière ici. Et vous avez tout fait pour qu'il soit déclaré solennellement par les Cortès que j'étais folle, et incapable. Et ça a été votre premier acte quand vous avez eu les pleins pouvoirs. Aujourd'hui, tantôt on dit que je suis folle, tantôt que j'ai tout mon sens, selon les intérêts politiques du moment. En réalité je suis folle; les gamins qui jouent sous ma fenêtre le crient toute la journée. En mai je le serai davantage encore, avec les premières chaleurs. La chaleur tourne le vin et les cerveaux. La chaleur est horrible. Le froid est horrible. Tout est horrible. Si on savait contre quoi j'ai à lutter, on trouverait déjà admirable que je sois ici à m'entretenir avec vous. Pourquoi êtes-vous venu me voir?

CISNEROS

Parce que cela me plaît ainsi. *(Plus doucement.)* Madame, que Votre Majesté me croie, il vaudrait la peine de...

LA REINE

Rien ne « vaut la peine de ».

CISNEROS

Le roi et la reine règnent ensemble...

LA REINE, *se redressant avec vivacité, et rejetant en arrière son voile.*

La reine et le roi règnent ensemble. Dans les actes, je suis nommée la première.

CISNEROS

Votre Majesté a raison d'être très stricte sur les égards.

LA REINE

Tout est blessure, quand on est blessé.

CISNEROS

Eh bien! que la reine et le roi règnent ensemble, cela doit être montré à tous de façon éclatante.

LA REINE, *s'effondrant soudain.*

Je suis fatiguée. Ne me laissez pas me jeter sur mon lit. Si je m'y jetais, je ne pourrais plus me relever. *(Elle boit dans un bol de terre.)* Je ne peux plus faire un geste, que boire un peu d'eau passée dans de la neige, quand je souffre trop. C'est cette petite eau qui me maintient en vie toute la journée. Il faut que je vive au moins jusqu'au moment où je boirai ma petite eau. Jadis je mourais ainsi tant que je n'avais pas vu le roi Philippe. C'est lui qui était ma petite eau. Il y a onze ans — depuis sa mort — que je regarde les choses d'ici-bas comme les regarde celui qui sait que dans quelques jours il aura cessé d'être : avec une indifférence sans rivages et sans fond. *(Elle boit encore.)* Pourquoi ferais-je d'autres actes que celui de boire, puisque je n'ai pas envie de ce qu'ils me feraient obtenir? Aussi je ne les fais pas, ou, si je les fais, c'est avec une telle souffrance... Et, au-delà de cet acte fait, il y a une autre souffrance, parce qu'il n'y a plus d'acte à faire, et alors c'est le vide.

CISNEROS

Tout cela, Madame, doit vous donner des journées bien longues.

LA REINE

Mourir est très long. Mais d'aventure, la nuit, dans

un de mes sommes intermittents et brefs, j'ai un beau rêve — toujours avec mon roi Philippe — qui rachète mille heures de mes journées, et je ne me couche jamais sans dire : « Seigneur, rendez-moi dans mes rêves ce que vous m'avez retiré dans la vie. »

CISNEROS

Dieu ne s'occupe pas de nos rêves. La Puissance des Ténèbres s'en occupe.

LA REINE

Ne m'épouvantez pas sur le peu de bonheur qui me reste ici-bas.

CISNEROS

La plupart des bonheurs doivent être attentivement surveillés.

LA REINE

S'il m'arrive quelque chose de trop cruel, je songe à mon mari, et pour un moment le monde m'est rendu tolérable. Il y a dans ma vie un souvenir et c'est cela qui me permet de supporter cette vie. Rien d'autre ne me le permettrait. Il y a un souvenir, et rien. Et, quand je souhaite trop la mort, je me dis que, morte, je ne me souviendrai plus, et je n'ai plus envie de mourir.

CISNEROS, *après avoir réprimé un mouvement d'impatience.*

Eh bien! Madame, voilà des pensées qui ne vous portent pas au règne.

LA REINE

Il y avait un roi qui s'appelait Philippe. Sa peau sentait bon. Ses cheveux sentaient bon...

CISNEROS

Allons! le roi vous frappait, il vous enfermait à clef des jours et des jours, il vous trompait avec n'importe qui, votre foyer était un enfer. Pardonnez-moi, ce sont là des faits qui ont couru toute l'Europe [– Mais « que serait-ce, n'est-ce pas, qu'être fidèle, si on n'était fidèle qu'à ceux qui vous aiment? »

LA REINE

Oui, voilà qui est bien dit.

CISNEROS

Quelqu'un le disait hier en ma présence.]

LA REINE

Parfois, l'été, il dormait nu...

CISNEROS

Madame, je vous en prie!

LA REINE

Alors sa poitrine était comme les montagnes. Ses jambes étaient comme les racines quand elles s'étendent au pied des arbres. Sa toison était comme la toison des bêtes...

CISNEROS

Madame, il ne me faut pas moins que la plus forte prière intérieure pour chasser les images affreuses que vous évoquez. Je vous conjure de ne pas continuer.

LA REINE

Dans toute ma famille, et tout ce qui m'approche, et cela depuis que j'existe, je n'ai connu personne que moi qui aimât. J'en ai vu prendre des mines horrifiées parce que j'avais baisé les pieds de mon roi mort. C'est qu'ils n'avaient jamais aimé. Il y a toujours deux mondes impénétrables l'un pour l'autre. Le monde des prisonniers et le monde des hommes libres. Le monde des malades et le monde des bien-portants. Le monde des vainqueurs et le monde des vaincus. Le monde de ceux qui aiment et le monde de ceux qui n'aiment pas. Je suis du monde de ceux qui aiment, et ne suis même que de ce monde-là. Vous n'êtes pas de ce monde, et n'avez pas notion de ce qu'il est.

CISNEROS, *rompant brutalement.*

Lorsque le roi viendra, Madame, ne le recevrez-vous donc qu'ici?

LA REINE

Oui, je ne le recevrai qu'ici.

CISNEROS

Dans cette chambre tellement... si peu...

LA REINE

Toujours les apparences.

CISNEROS

Et pendant que Madrid sera en fête...

LA REINE

La joie des autres me fait peur. Les vivats et les musiques seront pour moi des rugissements de bêtes fauves. Je demeurerai immobile dans l'ombre, couchée sur le souvenir de celui que j'aimais, comme une chienne sur le tombeau de son maître; et je hurlerai quelquefois à la mort, en moi-même.

CISNEROS

Maintenant le monde est en pleine lumière. Vous seule vous êtes restée dans les ténèbres.

LA REINE

Les ténèbres me plaisent; avec la fin du jour je suis mieux. En me dérobant tout objet, l'obscurité me permet de ne penser qu'à ma peine. Je suis morte de chagrin le jour que mon époux est mort.

CISNEROS

On ne meurt pas de chagrin en Castille. Peut-être qu'à Naples ou aux Flandres on meurt de chagrin. Mais notre race est d'un autre métal, et on ne meurt pas de chagrin chez nous.

LA REINE

Vous ne savez donc pas, vous, ce qu'est la souffrance?

CISNEROS

Mon grand âge et mon amour de Dieu m'ont mis au-delà de toute souffrance.

LA REINE

Si la douleur poussait de la fumée comme la flamme, la terre vivrait dans une éternelle nuit. Et vous cependant vous lui échappez!

CISNEROS

Votre douleur, Madame, ne peut pas être entière, puisque l'Infante vit auprès de vous.

LA REINE, *avec une soudaine frénésie.*

Où est ma petite fille, mon ange? Qu'on me donne ma petite fille, je veux l'avoir tout de suite! Elle a des dents mauvaises, comme son père; c'est pour cela que je l'aime. Elle montera sur moi, elle me frappera la gorge avec ses petits poings... Ma fille! Je veux ma fille! Je la veux à tout prix!

DOÑA INÈS, *entrant timidement dans la pièce, et faisant signe aux trois demoiselles d'honneur, qui allaient la suivre, de ne pas le faire.*

Madame, l'Infante est en train de déjeuner. Elle viendra aussitôt que Sa Seigneurie sera partie. A moins que... *(Elle se tourne vers Cisneros, qui ne dit rien, l'air glacial.)* Oh! je m'excuse d'avoir osé pénétrer... Mais Sa Majesté me semblait si... J'ai cru...

Elle se retire à reculons, avec confusion.
Un silence.

CISNEROS

Dans quelques instants, Madame, vous retrouverez l'Infante. Vous pourrez lui apprendre, entre autres choses, que lorsqu'on a des devoirs, et lorsqu'on a la foi, on n'a que peu de raisons de souffrir. Ceci pour répondre à cet étonnement que vous faisiez paraître, parce que vous pensiez que j'échappe à la douleur. Mais vous, Madame, vous écartez les devoirs et vous écartez la foi. Les devoirs? Vous voulez régner, vous ne voulez pas gouverner. Penser que, tandis que vous êtes confinée ici dans la solitude, l'Espagne est à vous, et les Flandres, et le royaume de Naples, et ce nouveau continent, les Indes, ce don glorieux de la Providence...

LA REINE

Il faut mettre de l'ordre dans les Indes, quand on n'est pas capable de mettre de l'ordre chez soi!

CISNEROS

Jadis, Gonzalve de Cordoue a sollicité de vous une audience, Christophe Colomb a écrit pour vous proposer ses services. En vain. Si alors vous aviez reçu ces hommes supérieurs...

LA REINE

A quoi bon? Je n'avais rien à leur dire.

CISNEROS

Ils vous apportaient sans doute de grandes idées.

LA REINE

Les idées, cela n'est pas sérieux. Les choses dont ils m'auraient parlé ne m'intéressent pas. Ce sont des nuages qui changent de forme et enfin se dissipent. On me demande pourquoi je vis entourée de chats, malgré les peines qu'ils me causent. Parce que les chats ne s'occupent ni des idées ni des Empires. Cela fait un lien entre eux et moi.

CISNEROS

Je comprendrais, Madame, que vous refusiez le monde afin de vous donner complètement à Dieu. Mais, au contraire, cette répugnance qu'a Votre Majesté pour tout acte de religion, et cela depuis si longtemps, depuis près de vingt années... Et vous n'aviez pas dix-sept ans, que déjà vous n'aimiez pas la sainte Inquisition, que vous condamniez ses prétendus abus...

LA REINE

On vous a dit que je n'allais pas à la messe. On ne vous a pas dit que je vais quelquefois à ma chapelle quand il n'y a pas la messe. Quand il n'y a rien comme dans ma vie.

CISNEROS

Dans votre chapelle il n'y a jamais rien. Il y a Dieu, toujours.

LA REINE

Dieu est le rien.

CISNEROS

Madame! Si j'avais l'honneur d'être le directeur de votre conscience, comme je l'ai été de celle de la reine catholique...

LA REINE

Vous ne me dirigeriez pas, car je ne vais nulle part. Et d'ailleurs je ne me confesse guère, vous devez le savoir par vos espions.

CISNEROS

Mes espions! Vous croyez qu'on vous persécute.

LA REINE

Tous ceux qui croient qu'on les persécute sont en effet persécutés. — Je ne vais nulle part, je suis immobile. Mais vous, où allez-vous? Comment pouvez-vous faire un acte?

CISNEROS

Je sais très bien où je vais, et j'ai des actes parce que l'Église a besoin d'eux.

LA REINE

L'Église n'a pas besoin de vos actes. Le moulin tournera toujours, avec ou sans vous.

CISNEROS, *se levant.*

Madame, avez-vous pensé à ce que vous dites, et savez-vous bien à qui vous parlez?

LA REINE

Je parle au Cardinal d'Espagne, archevêque de Tolède, primat des Espagnes, régent et chancelier de Castille, Grand Inquisiteur de Castille et de Leon, qui n'est que poussière comme son bouffon et comme nous tous.

CISNEROS

Madame, le frère Hernando de Talavera a refusé de s'agenouiller devant la reine Isabelle pour recevoir sa confession, comme c'était la coutume; il lui a dit qu'il représentait Dieu, qui ne s'agenouille pas. Et moi, le frère François, je refuse d'entendre parler comme vous parlez de la sainte Église et de moi-même. En moi aussi c'est Dieu que vous offensez.

LA REINE

Et moi, quand vous m'offensez, c'est moi. *(Un silence. Puis la reine semble chercher quelque chose.)* Je croyais que j'avais mis là ma petite eau, mais comme je ne sais pas ce que je fais... *(Elle retrouve le bol d'eau.)* Ah! *(Elle boit un peu d'eau. Silence.)*

CISNEROS

Votre Majesté n'emploie pas les formes qui sont d'usage quand on parle à ce que je suis. Personne ne m'a jamais parlé comme Votre Majesté me parle.

LA REINE

Cela est naturel.

CISNEROS

Votre volonté est tendue contre Dieu Notre Seigneur.

LA REINE

L'affront que Dieu m'a fait en m'enlevant mon mari... Supposé que ce soit Dieu qui me l'ait enlevé.

CISNEROS

Et qui donc serait-ce, sinon Lui?

LA REINE

La mort, simplement.

CISNEROS

La volonté divine... *(La reine rit.)* Pourquoi riez-vous? Est-ce que... est-ce que vous ne croyez pas à la volonté divine? Dites au moins une fois devant moi, avant que je me retire : « Mon Dieu, que votre volonté soit faite, et non la mienne. »

LA REINE

Mon Dieu, faites-moi la grâce que je fasse toute ma vie ma volonté et non la vôtre. Non, mon Dieu, je ne ferai jamais la vôtre.

CISNEROS, *frémissant.*

Madame, ceci est blasphémer! Et vous n'allez pas à

la messe, et vous n'avez pas d'images pieuses sur vos murs, et vous ne prenez pas les Sacrements! Savez-vous qu'il y a de vos sujets qui sont brûlés pour moins que cela?

LA REINE, *précipitamment.*

Ce sont mes dames d'honneur qui renversent l'autel et arrachent les images des murs...

CISNEROS

Je vais ordonner une enquête, et si vos dames d'honneur font ce que vous dites, je les ferai déférer au tribunal de l'Inquisition.

LA REINE, *précipitamment.*

Je crois tous les articles de la foi, Monseigneur, et je suis prête à me confesser et à communier... D'ailleurs, j'ai été deux fois à la messe ces temps-ci. Je suis bonne chrétienne, Monseigneur. Et je n'ai pas blasphémé, non, je n'ai pas blasphémé! Mais je suis si habituée à être seule — et aussi je dors si peu — que je ne suis plus bien maîtresse de ce que je dis. Et puis, quoi que je dise, cela est toujours tourné contre moi. Tout ce que je fais est mal...

CISNEROS

Madame, avec votre permission, je vous baise les mains et je me retire. Je me retire de votre royale présence, mais non pas du service du royaume, comme j'en eus l'envie naguère quand Votre Majesté m'interdit l'entrée de son palais. L'Église peut se passer de moi peut-être; l'État, cela est moins sûr. Il faut bien que quelqu'un la porte, cette Espagne que vous vous refusez à porter. Et le roi n'y est pas prêt, pour un temps encore.

LA REINE

J'ai toujours cru que l'entrée dans les ordres était une mort au monde. Vous avez conçu cela différemment. Dieu et César ensemble : comment accordez-vous cela?

CISNEROS

La grâce de Dieu l'accorde.

LA REINE

Et à votre âge! A votre âge, s'efforcer n'est plus une vertu, c'est une manie. Être habile à quatre-vingt-deux ans! Ce n'est pas sur son lit de mort qu'on doit découvrir la vanité des choses; c'est à vingt-cinq ans, comme je l'ai fait.

CISNEROS

L'œuvre que Dieu a accomplie à travers moi en Espagne, le combat que j'ai mené...

LA REINE, *ricanant, haussant les épaules.*

Le combat que vous avez mené! Mener un combat! Lutter contre les hommes, c'est leur donner une existence qu'ils n'ont pas. Et puis, quoi qu'on y gagne, cela ne dure qu'un instant infime de cette éternité dont les prêtres parlent mieux que personne. Alors... Vous croyez que je vis loin de tout cela parce que je ne peux pas le comprendre. Je vis loin de tout cela parce que je le comprends trop bien. L'œuvre de ma mère est ruinée par Jeanne la Folle. D'autres ruineront la vôtre. L'Espagne est à la veille de tragédies. Tout s'engouffrera. Le royaume qui est l'envie du monde en sera la pitié.

CISNEROS, *revenant, avec émotion.*

Quelles tragédies? Que voulez-vous dire? Que savez-vous?

LA REINE

Il y a toujours des tragédies.

CISNEROS

J'en ai prévenu quelques-unes.

LA REINE

Elles renaîtront. Je serai emportée comme un fétu sur le flot de ce qui s'approche.

CISNEROS

Qu'aurais-je dû faire?

LA REINE

Rester dans une cellule, sur votre couchette, les bras en croix, comme je fais.

CISNEROS

Cela est la mort, si ce n'est pas offert.

LA REINE

C'est le royaume qui est la mort. C'est faire quelque chose qui est la mort.

CISNEROS

Eh, Madame, rester dans une cellule, n'en ai-je pas assez rêvé? Ne connaissez-vous pas ma vie? Ne vous souvenez-vous pas de toutes mes fuites vers des cloîtres?

LA REINE

Ce n'est pas ma mémoire qui est mauvaise, c'est mon indifférence qui est bonne. [Vous vous êtes enfui vers des cloîtres?

CISNEROS

Une fois, pour trois ans, quand j'étais jeune. Une fois, quand j'ai été nommé confesseur de la reine catholique, — quand on m'a infligé ce supplice, d'être le confesseur de la reine. Une fois, quand j'ai été nommé archevêque. On me nommait ceci et cela, mais mon âme exigeait le contraire.

LA REINE]

Vous vous êtes enfui vers des cloîtres parce que vous aimiez trop le pouvoir.

CISNEROS

Je me suis enfui au couvent parce que j'aimais trop Dieu. Vous me parlez de ma perpétuelle tentation. Vous me parlez de mon abîme.

LA REINE

Cette tentation n'a été pour vous, le plus souvent, qu'une tentation. Ce que vous avez aimé par-dessus tout, c'est de gouverner; sinon, vous seriez resté tranquille. Vous, vous composez; moi, je ne compose pas. Vous, vous vivez dans la comédie; moi, je n'y vis pas.

CISNEROS

Je vis dans la comédie!

LA REINE

Vous vivez parmi les superbes. Vous manœuvrez parmi eux. Le superbe n'est pas seul à être impur; sont impurs tous ceux qui approchent de lui par goût.

CISNEROS

Je n'aime que les humbles.

LA REINE

Mais vous vivez parmi les superbes. Et parmi les canailles. Vous passez votre vie comme les païens et les Turcs. On ne fréquente pas des gens méprisables, si on les méprise autant qu'on le doit.

CISNEROS

On surmonte son mépris quand il y a derrière eux quelque chose à atteindre.

LA REINE

Qui vous a obligé...? *(Elle s'arrête de parler et regarde fixement un point non éloigné d'elle.)* Voilà une mouche qui est trop confiante, beaucoup trop confiante, qui a l'air de vouloir me narguer, moi, la reine. *(Elle saisit très cauteleusement un fichu à portée de sa main, s'approche toujours très cauteleusement de la mouche, puis frappe du fichu. Elle regarde la mouche morte, et son visage s'irradie. Elle écrase du pied la mouche.)* Je vous disais que nul ne vous a obligé à être le confesseur de ma mère? Quand la reine catholique vous a choisi pour son confesseur, vous n'aviez qu'à refuser.

CISNEROS

Refuser à la reine!

LA REINE

Il vous suffisait de dire que vous vouliez n'être qu'à Dieu. Même la reine aurait eu peur de vous retirer à Dieu. Il vous suffisait d'être ferme; vous l'êtes quand vous le voulez. Mais là vous n'avez pas voulu l'être. Et cependant la reine n'attendait de vous qu'une couverture pour sa politique. Lorsqu'on médite quelque bon coup, on fait appel à des hommes de piété. Je suis si peu folle que j'ai découvert cela.

CISNEROS

Voilà encore une parole, Madame, qui montre comme vous êtes disposée à l'égard de notre sainte religion.

LA REINE

Je suis très bien avec la religion, et c'est à cause de cela même que je sais que nombre d'hommes qui, s'ils étaient restés hommes privés, auraient sauvé leur âme, vont en enfer parce qu'ils ont été hommes d'État. [L'ambition pour autrui, que ce soit une créature, ou une nation, ou un ordre religieux, est aussi fatale à l'union avec Dieu que l'est l'ambition personnelle. Cela tombe sous le sens.]

CISNEROS

Je serais prêt à courir le risque d'aller en enfer, si à ce prix je faisais du bien à l'État. Mais les desseins de Dieu et les desseins du gouvernement de Castille ont toujours été identiques. Au surplus, vous ignorez sans doute que j'ai une méthode d'oraison mentale qui me permet d'annihiler devant Dieu mes actions politiques au fur et à mesure que je les accomplis. *(Rire de la reine.)* Vous êtes pure, Madame, vous êtes pure! Il est facile d'être pur quand on n'agit pas, et qu'on ne voit personne.

LA REINE

Agir! Toujours agir! La maladie des actes. La bouffonnerie des actes. On laisse les actes à ceux qui ne sont capables de rien d'autre.

CISNEROS

Et vous aussi, cependant, vous faites quelques actes, comme tout le monde.

LA REINE

Je ne fais pas d'actes, je fais les gestes d'actes. — Et les vôtres en apparence toujours saints ou raisonnables, et qui en réalité ne sont faits que dans la passion.

CISNEROS

Si nous ne faisions pas les choses dans la passion, nous ne ferions rien.

LA REINE

C'est justement ce qu'il faudrait.

CISNEROS

Il y a une exaltation qui vient de Dieu. Et il y a une

exaltation qui vient de la terre. Dois-je me reprocher la terre, quand depuis trente ans je n'ai cessé de faire servir la terre à Dieu? J'ai fait servir Dieu à la terre, et j'ai fait servir la terre à Dieu. J'ai été de Dieu et j'ai été de la terre. D'un côté abrupt vers Dieu, de l'autre à l'aise avec la terre, oui, comme ma ville de Tolède, d'un côté en nid d'aigle au-dessus du fleuve, de l'autre de plain-pied avec la plaine. J'ai été un chrétien et j'ai été un homme. J'ai fait tout ce que je pouvais faire.

LA REINE

Vous sursautez si je dis que Dieu est le rien. Le rien n'est pas Dieu, mais il en est l'approche, il en est le commencement. Quand mon roi Philippe était aux Flandres, et moi ici, j'allais à Medina del Campo pour être un peu plus près de la mer où il était; je respirais mon mari d'un côté à l'autre de la mer : ainsi je respire Dieu quand je suis dans le rien. Vous l'avez dit vous-même : il y a deux mondes, le monde de la passion, et le monde du rien : c'est tout. Aujourd'hui je suis du monde du rien. Je n'aime rien, je ne veux rien, je ne résiste à rien (est-ce que vous ne voyez pas que les chats me dévorent vivante, sans que je me défende?), plus rien pour moi ne se passera sur la terre, et c'est ce rien qui me rend bonne chrétienne, quoi qu'on dise, et qui me permettra de mourir satisfaite devant mon âme, et en ordre devant Dieu, même avec tout mon poids de péchés et de douleur. Chaque acte que je ne fais pas est compté sur un livre par les anges.

CISNEROS

Madame, le moine que je suis entend bien ce langage; croyez que je l'entends très singulièrement et très profondément. Mais...

LA REINE, *se levant, allant à la fenêtre et ouvrant le rideau.*

Il n'y avait pas de nuages. Maintenant il y en a. Ils vont changer d'aspect. Ils vont se dissiper, puis se re construire d'autre façon. Tout cela est sans importance. Des nuages noirs étalés sur Madrid comme de gros crapauds. Et, au-dessous, ces espèces d'êtres qui font des choses, qui vont vers des choses... Et rien de sérieux dans tout cela que les chevaux qu'on mène boire au fleuve. Moi aussi j'aurais pu faire des choses, et même de celles que vous appelez « de grandes choses ». Mais il aurait fallu tenir compte de cela. J'ai préféré être ce que je suis. Les enfants qui jouent en bas disent entre eux : « Vous voulez jouer avec nous? » Moi, je dis : « Je ne joue pas avec vous. » *(Elle regarde encore, avec horreur.)* Quel est cet univers auquel on voudrait que je prenne part? Quand je le regarde, mes genoux se fondent. Quelle est cette voix qui forme dans ma bouche des mots qui ne me concernent pas? Quel est cet homme qui me fait face et qui veut me persuader qu'il existe? Comment pouvez-vous croire à ce qui vous entoure, vous qui n'êtes plus de ce qui vous entoure, quand moi je n'y crois pas, qui suis, paraît-il, en vie? Et vous voulez manier cela, jouer avec cela, dépendre de cela? Et vous êtes un intelligent, et un chrétien! A ces deux titres vous devriez faire le mort, comme je fais la morte.

Elle lance les oreillers de son lit à travers la pièce, se jette sur le lit, et s'y étend à plat, sur le dos, bras en croix, bouche entrouverte.

CISNEROS

Votre Majesté est-elle souffrante? Veut-elle que j'appelle ses dames?

LA REINE

Je ne suis pas souffrante. Je suis bien, je suis enfin bien. *(Un temps.)* Non, je ne suis pas bien, voici le mal qui monte : c'est parce que j'étais bien. Mes yeux sont pleins de plomb fondu, ma bouche est pleine de terre, mes nerfs se tordent comme des reptiles. — Oh! une chauve-souris contre mes tempes! — Ma grand'mère a été à demi folle pendant quarante-deux ans. Le roi Henri mon oncle était à demi fou. Mon père est mort de tristesse. Eux aussi ils se tordent en moi. Oh! que je boive, que je boive ma petite eau! *(Elle se lève et va boire au bol. Puis elle le tend au cardinal.)* Vous en voulez? *(Le cardinal fait non de la tête.)* Alors, allez-vous-en. Laissez-moi sortir de ce songe que vous êtes et qu'est tout ce que vous représentez : il n'y a que moi qui ne sois pas un songe pour moi. *(Esquissant des pas de danse.)* Mais, auparavant, dansons un peu! Vous ne voudriez pas que je me mette à danser seulement quand vous serez parti, de la joie de vous voir disparu. *(Le cardinal a reculé. Il appelle vers la porte du fond :* « Messieurs! Messieurs! » *Des gens du palais, et parmi eux Cardona, se massent à la porte et entrent même dans la chambre, mais sans oser trop pénétrer. On entend des voix :* « Monseigneur, exorcisez-la! » — « Qu'on fasse entrer Doña Inès! » — « Jetez sur elle un peu d'eau bénite! »*)* Je danse souvent avec le perroquet que Joaquin m'a rapporté des Indes; il est tout rouge comme vous, cardinal, mais il ne sait pas dire des *Ave*. Dansons, dansons un peu! dansons en nous accompagnant du rire des larmes. Il y a le rien et il y a l'être : ils sont faits pour danser ensemble. Le oui et le non sont pour moi comme deux mouches quand elles dansent accouplées : on ne distingue pas l'une de l'autre...

> *Pendant que la reine continue de faire des pas en chantonnant, Doña Inès et les demoiselles d'honneur, venues de la chambre voisine, l'entourent, la prennent avec douceur et respect sous les bras, et l'entraînent vers la chambre. Avant de sortir, la reine dit à Doña Inès, en désignant le cardinal :*

LA REINE

On causerait bien volontiers avec lui, plus longuement. Mais on ne peut pas : il est fou!

> *Quelques personnages refluent de la porte du fond*

vers le devant de la scène. Le frère Diego jaillit de la chambre où l'on vient d'emmener la reine.

SCÈNE IV

CISNEROS, CARDONA, ESTRADA, DEUX SEIGNEURS, LE FRÈRE DIEGO

FRÈRE DIEGO

Monseigneur, je prends licence de me rappeler à Votre Seigneurie : Frère Diego, confesseur de Sa Majesté. C'est-à-dire que je suis confesseur honoraire, Sa Majesté ne se confesse jamais, mais je vous jure que le travail ne me manque pas. — J'étais derrière la porte : j'ai écouté, j'ai entendu, j'ai pesé, j'ai conclu. Démence, blasphème, sacrilège, hérésie, possession diabolique. Et j'aurais encore beaucoup à dire! Par exemple : Sa Majesté, vous le savez, a entendu deux fois la messe pendant les deux derniers mois. Or, à la première de ces messes, Sa Majesté n'a baissé qu'à demi la tête pendant l'élévation, mais par contre on m'a rapporté qu'à ce moment elle a fermé les yeux, de sorte qu'on aurait pu s'approcher d'elle sans qu'elle s'en aperçût. Pourquoi fermer les yeux? Pour ne pas voir l'hostie? Acte abominable! Afin de vérifier si Sa Majesté fermait bien les yeux, à la seconde des messes j'ai envoyé le frère Antonio, qui s'est approché d'elle à pas de loup pendant l'élévation, mais elle lui a dit de s'écarter, et ensuite elle lui a demandé pourquoi il était venu à ce moment-là.

CISNEROS

Ainsi, elle ne fermait pas les yeux?

FRÈRE DIEGO

Non, mais on m'avait rapporté qu'elle les fermait : le

moins qu'on puisse dire est donc qu'il y a un doute, et où il y a un doute, il y a un coupable. L'autre fait très grave est que, approchant de Sa Majesté des linges bénits, elle m'a dit, en faisant la grimace, qu'ils sentaient mauvais. J'ai voulu en avoir le cœur net, et quelques jours plus tard je lui ai présenté à nouveau des linges bénits. Cette fois elle n'a pas dit qu'ils sentaient mauvais. Mais la première fois elle l'avait dit.

CISNEROS

Sa Majesté savait-elle que ces linges étaient des linges bénits?

FRÈRE DIEGO

Non, elle ne le savait pas.

CISNEROS

Et vous êtes-vous assuré vous-même si les premiers de ces linges sentaient mauvais?

FRÈRE DIEGO

Ma foi, ils sentaient nettement la moisissure.

CISNEROS, *avec impatience.*

Frère Diego, on vous convoquera un de ces jours et vous me ferez alors un rapport circonstancié et dans toutes les formes. Pour l'instant, je vous remercie. *(Il le congédie.)*

SCÈNE V

LES MÊMES, *moins* LE FRÈRE DIEGO

CISNEROS

Le roi doit savoir en quel état il trouvera sa mère. L'avertir est pour moi un devoir inéluctable. Mais ce qui vient de se passer ne peut être mis dans une lettre. Un de vous, Messieurs, va aller à Majados, et lui décrire la scène que nous avons vue.

ESTRADA

Monseigneur, pour cette mission, permettez-moi de me récuser. Gouverneur de la maison de la reine, tantôt on me reproche d'être trop faible avec elle, tantôt d'être trop sévère : cela varie selon les temps et les factions. Le rapport que je ferais au roi serait tenu sûrement pour tendancieux.

UN DES SEIGNEURS

Je vous demande, Monseigneur, de m'épargner une mission pénible, – que dis-je? dangereuse. Il y a des princes qui punissent les messagers de mauvaises nouvelles. Je l'ai éprouvé avec le roi Ferdinand, vous savez en quelle occasion. On supporte cela une fois. On ne le supporte pas deux.

L'AUTRE SEIGNEUR

Et le récit qu'on fera au roi ne pourra-t-il même être tenu pour acte de lèse-majesté? Lui dire que sa mère a donné le scandale!

CISNEROS, *à Cardona.*

Monsieur le capitaine, vous irez cet après-midi voir le roi, et viendrez me rendre compte demain matin.

CARDONA

Moi! Après tout ce que je vous ai dit! Vous m'avez déjà fait connaître à la reine, qui ne m'a découvert que pour se montrer une ennemie. A présent vous me jetez dans les pattes du roi! Et sans qu'une audience ait été demandée! Et pour lui décrire la folie de sa mère!

CISNEROS

Vous avez prétendu que je n'avais pas confiance en

vous. Vous voyez que j'ai confiance en vous, confiance même dans vos capacités, puisque je vous charge de cette mission.

CARDONA

Toutes les fois que vous faites une chose rigoureuse, vous faites ensuite une chose qui apaise : c'est votre politique. Vous avez fait hier avec moi une chose dure. Ne recommencez pas aujourd'hui.

CISNEROS

Quand vous serez en présence du roi, je vous conseille de ne pas gesticuler.

CARDONA

Et comment saurai-je...? Que lui dirai-je...?

CISNEROS

Songez surtout à ce que vous ne lui direz pas. Allons, retournez au palais du Conseil. Je vous y rejoins dans un moment, et vous y donnerai le détail de mes ordres, avec votre lettre de créance pour le roi.

CARDONA

Monseigneur mon oncle, mon très Révérend Père en Jésus-Christ...

CISNEROS

Allez.

> *Cardona va pour sortir. A ce moment, de la pièce voisine, parvient une harmonie grêle et très douce produite par un instrument à cordes. Cardona s'arrête.*

ESTRADA

La reine qui joue de son clavicorde...

PREMIER SEIGNEUR

La paix... Elle a retrouvé la paix..

CISNEROS

Je l'ai demandée à Dieu pour elle dans ma méditation de ce matin.

> *Les cinq hommes sont debout, immobiles, quelques-uns la tête basse, écoutant, habités par une visible émotion. Et cependant, le rideau tombe.*

ACTE III

> « CISNEROS : *On ne meurt pas de chagrin en Castille.* »
>
> Acte II, scène III.

Le cabinet du cardinal Cisneros, à la tombée de la nuit

SCÈNE PREMIÈRE

CISNEROS, VARACALDO, CARDONA

Cisneros est assis à sa table de travail, en petite tenue cardinalice, toujours les pieds nus dans des sandales. Debout devant la table, Varacaldo. Un peu à l'écart, assis, Cardona.

CISNEROS, *reposant une dépêche, avec lassitude.*

Des problèmes! Toujours des problèmes! Toujours lutter! Tous se soulèvent, tous se déchirent, tous mettent le feu pour un oui ou pour un non, et toujours c'est moi qui ai tort, et toujours des gens plus jeunes et qui ont plus de forces que moi... Ceux de Encina sont-ils des partisans, des amis?

VARACALDO

Des amis.

CISNEROS

Alors, enrôlez plutôt des mercenaires. Je ne peux compter que sur les gens que je paye.

CARDONA

Mais est-ce que vous pouvez compter sur eux?

CISNEROS

Du moins, plus que sur les amis.

Un silence.

VARACALDO

Monseigneur, dans l'affaire de Villafrades, Votre Seigneurie s'est-elle décidée? *(Cisneros, l'air absent, fait signe de la tête que non.)* Vous m'avez dit hier soir que vous donneriez un ordre ce matin. Et nous sommes ce soir.

CISNEROS

Je n'ai pas décidé.

VARACALDO

La rébellion est grave. Vous m'avez dit que cette affaire devait être réglée avant l'arrivée du roi; que vous vouliez le mettre devant le fait accompli. Le temps presse.

CISNEROS

« Le temps presse! » Le temps ne presse pas quand les nuages se transforment et se défont. *(Silence stupéfait de Varacaldo.)* Il faut que j'y réfléchisse encore. J'ai eu à méditer cette nuit le sens des souffrances de Notre-Seigneur. Je vous donnerai réponse demain matin.

VARACALDO

Et l'affaire de l'ordre de Saint-Jean de Jérusalem? Cela aussi devrait avoir sa fin avant que les gens du roi ne s'en occupent. Je vois les minutes sur votre table. Ne puis-je avoir votre réponse?

CISNEROS

Que me conseillez-vous?

VARACALDO, *de nouveau stupéfait.*

Monseigneur, je ne me permettrai pas...

CISNEROS

Prenez ces minutes, étudiez-les, et demain matin vous me donnerez votre avis.

VARACALDO, *toujours très surpris.*

Bien, Monseigneur.

Le cardinal le congédie, puis le rappelle et lui montre un livre qu'il a tiré d'un tiroir.

CISNEROS

Ceci est à vous?

VARACALDO, *avec une joie enfantine.*

Ah oui! Monseigneur! L'avais-je oublié ici?

CISNEROS

Oui. J'ai cru que cela appartenait à un de mes petits pages. Mais Vallejo m'a dit que c'était à vous. *(Lisant le titre.)* Les Aventures merveilleuses du chevalier Bellaflor et du géant Tintinabul. Édition populaire. Cela vous intéresse?

VARACALDO

C'est une récréation...

CISNEROS, *sèchement.*

Tenez. *(Il lui donne le livre. Exit Varacaldo.)*

SCÈNE II

CISNEROS, CARDONA

CISNEROS

Varacaldo, qui a soixante-quatre ans, fait ses délices des aventures du géant Tintinabul, qui sont une lecture destinée normalement à des enfants de douze ans. Il doit même lire cela pendant ses heures de travail, et le cacher dans le tiroir quand j'arrive. On est bien obligé pourtant de s'accommoder à ce genre d'hommes. A la fin, ce sont toujours eux qui l'emportent. — Il prétend qu'Encina est une place fidèle. Je suppose que cela n'est pas vrai.

CARDONA

Pourquoi?

CISNEROS

Parce qu'ils mentent tous. Pour rien. Pour le plaisir. Quand ils disent deux phrases, dans l'une ils disent le contraire de leur pensée, dans l'autre le contraire de la vérité. Varacaldo lui non plus n'est pas sûr.

CARDONA

Votre propre secrétaire!... Il faudrait choisir bien. Mais à votre âge on ne choisit plus bien.

[CISNEROS

La vieillesse attire les trahisons comme les excréments attirent les mouches.

CARDONA]

En qui donc avez-vous confiance?

CISNEROS

En moi.

CARDONA

Merci. Et cependant vous demandez conseil à cet homme!

CISNEROS

Il m'arrive de demander conseil à des hommes de qui le visage, dans le même instant, crie qu'ils me trahissent. Le pouvoir, c'est cela.

CARDONA

Et Vallejo? Vous n'avez pas confiance en Vallejo?

CISNEROS

J'ai confiance en ce qu'il est dans ce moment. Non dans ce qu'il sera dans un mois. *(Un temps.)* Je suppose que, vous aussi, vous vous adonnez quelquefois au géant Tintinabul.

CARDONA

Mon Dieu, oui, à l'occasion, j'aime mieux voir quelqu'un englouti dans Tintinabul qu'englouti dans l'obsession politique.

CISNEROS

L'obsession politique? Vous manquez d'à-propos. J'ai ces papiers sur ma table depuis hier matin. Au moment d'étudier les questions, j'ai été paralysé comme si j'avais eu un coup de sang à la tête. Je me disais : « Pourquoi? » Faire un geste, faire un acte, soudain cela me paraissait tellement insensé... Paralysé par le sentiment du... *(Il s'arrête.)*

CARDONA

Par le sentiment de quoi?

CISNEROS
Par le sentiment du ridicule.

CARDONA
Vous plaisantez.

CISNEROS
J'ai remis d'heure en heure. — Est-ce que vous croyez que Varacaldo me prend en pitié, quand j'ai l'air de vouloir quelque chose?

CARDONA
De « vouloir quelque chose »?

CISNEROS
De désirer réussir quelque chose, dans les affaires de l'État.

CARDONA
Je pense surtout qu'il serait stupéfait s'il croyait comprendre que vous ne voulez rien. J'ai vu cela il y a un instant.

CISNEROS
Parce qu'il n'est pas intelligent. Je souhaiterais que tout homme intelligent comprît que je ne veux rien. Si un homme intelligent croyait que je veux quelque chose, j'aurais honte. *(Il porte la main à son front.)*

CARDONA
Vous avez mal?

CISNEROS
Vous savez bien que j'ai la fièvre tous les soirs quand la nuit tombe, — à la même heure où l'esprit de la reine Jeanne revient au calme. Et comment n'a-t-on pas la fièvre toute sa vie? Mais je serais mort, que je ressusciterais pour recevoir le roi, que j'espère depuis

si longtemps, et le mettre au courant de tout : cela, il le faut. Ensuite... Ensuite...

CARDONA

Le roi a grand besoin d'être mis au courant le plus tôt possible. Je vous le répète : vous ne sauriez croire à quel point il a l'air de quelqu'un qui a besoin d'avis. Et aussi de quelqu'un qui, s'étant embarqué une première fois pour l'Espagne, et étant à plusieurs heures de la côte des Flandres, a fait revenir la flotte parce qu'il avait le mal de mer.

CISNEROS

Vous m'avez dit qu'il paraît moins que ses dix-sept ans...

CARDONA

Petit, pas un poil de barbe, la bouche toujours entrouverte; le teint pâle, les yeux bleus. Il rougit. Un collégien...

CISNEROS

Il me trouvera auprès de lui le temps qu'il voudra, ou plutôt le temps qui sera nécessaire. — Malgré ce qu'il m'en coûte, car certaines paroles que la reine m'a dites hier m'ont bouleversé.

CARDONA

Le spectacle de la folie a de quoi bouleverser.

CISNEROS

Quand les gens sont fous, il ne faut pas rire d'eux. Il faut les prendre eux et leur folie et les traiter en entier, eux et leur folie, avec respect. Il y a toujours des raisons d'être fou, et ces raisons sont toujours respectables.

CARDONA

Quoi qu'en pense le confesseur, son état la met à

Acte III, scène II

l'abri de tout péché. Chose extraordinaire : elle *ne peut pas pécher*. Il est juste que cette femme, que tous plaignent ou bafouent, doive nous faire envie.

CISNEROS

Ce qui me bouleverse est ailleurs : c'est parce qu'elle m'a fait entendre la voix de la vérité sortant de la bouche de la folie. Ne dit-on pas que chez les Arabes les fous sont tenus pour des inspirés? Elle voit l'évidence, et c'est pourquoi elle est folle.

CARDONA

Cela est plaisant : la reine vous a retourné!

CISNEROS

[Beaucoup de gens, autour de moi, feignent de comprendre ce que je fais. En réalité, ils ne le comprennent pas. Je vis au milieu de gens frivoles, même quand ils traitent des sujets très importants. En vain j'essaye de les ramener au profond; ils restent frivoles : la frivolité est dure comme de l'acier.] Quoi qu'on pense de ce que m'a dit la reine, cela n'est pas frivole. La reine est très au-delà du médiocre et du petit. Elle a percé brutalement de l'autre côté.

CARDONA

Dieu l'a rendue incapable pour montrer le peu de fonds qu'on peut faire sur la gloire humaine. C'est là son rôle providentiel ici-bas.

CISNEROS

D'autres qu'elle ont eu ce rôle. Mais qui dit qu'elle n'a pas un autre rôle, où elle serait unique? Au lieu de renoncer au monde pour pouvoir le dominer, comme font souvent nos grands ordres religieux, elle domine le monde et elle renonce à lui. Nous qui sommes habitués — il faut bien le reconnaître — à peser sans cesse sur tout, mesurez-vous ce que c'est que posséder une partie immense de l'univers, et ne peser jamais sur rien? La reine m'a dit : « C'est le royaume qui est la mort. » Moi, le conducteur de ce royaume, j'ai entendu cela, et j'en suis transpercé. Quand elle se désintéresse du royaume, quand elle l'entraînerait derrière elle, si nous n'étions pas là, dans son mépris sans bornes de la réalité, qui nous dit qu'elle n'est pas alors le représentant le plus qualifié de son peuple, et qu'elle n'apporte pas alors au monde l'essentiel de ce que peut lui apporter l'Espagne?

CARDONA

Vous avez tout fait pour maintenir, et elle fait tout pour ruiner — elle veut que tout aille mal, elle veut que tout meure, — et c'est ainsi que vous parlez d'elle!

CISNEROS

Vous ne pouvez pas savoir ce que c'est que son mépris... Elle annule l'univers avec son mépris... Comme elle m'a fait sentir qu'elle me jugeait vulgaire de vouloir intervenir dans les événements! Comme elle cherchait à m'humilier! La reine a rouvert en moi cette plaie jamais fermée tout à fait, la plaie d'une tentation inassouvie. Elle m'a fait briller cette retraite que plusieurs fois j'ai prise et plusieurs fois tenté de prendre. Toute ma vie, j'ai lutté pour ma solitude...

CARDONA

Il y a tant d'hommes en vous! Le franciscain, le cardinal, le lettré, l'homme d'État, le capitaine. Quand vous avez conquis Oran, n'avez-vous pas regretté ce jour-là de n'avoir pas choisi la voie des armes?

CISNEROS

Je n'ai jamais regretté que la submersion infinie. La reine m'a mis devant ma part la plus profonde, celle que je n'ose pas regarder, parce qu'elle me fait trop envie. Je voudrais me prosterner, poser mon front contre la terre, adorer Dieu, ne plus faire que cela. Sentir cette masse de contemplation qui se pousse pour être, et ne peut pas être, à cause des affaires dont je suis dévoré, à cause de ce genre humain qui me dévore morceau par morceau du matin au soir. Toujours : « Je n'ai pas le temps... » Toujours remettre à plus tard ces heures de face-à-face rayonnant qui enfin me soulèveront au-dessus de moi-même, après le gravat de la journée. Et mon oraison même est empoisonnée par la terre : tandis que je contemple Dieu, je lui demande encore (oh! j'ai honte!) comment je dois m'y prendre pour berner tel ou tel homme, à moins que ce ne soit pour le corrompre. La reine ne peut vivre qu'en attendant le moment de boire de l'eau. Moi, il y a une eau qui sort de mon Dieu, et qui m'enivre; mais, aussitôt que je vais atteindre cette eau, une main me ravit le visage et le replonge dans la boue.

[CARDONA

La boue elle aussi vous enivre. Vous dites à présent que votre esprit est étranger à votre œuvre. Mais c'est par ce que vous faites que vous existez. Si vous aviez cessé de faire, il y a longtemps que vous auriez cessé d'exister. Vous l'avez reconnu... en d'autres temps; je veux dire : avant-hier.

CISNEROS

J'aurais existé de la véritable Vie. J'ai été à moi-même, c'est-à-dire à Dieu, combien d'années? Pendant les trois années de ma retraite au couvent, et — dans une certaine mesure — pendant les six années de ma retraite en prison. J'ai vécu quatre-vingt-deux années; j'en ai existé neuf. C'est cela que m'a rappelé la reine, ah! si cruellement. Oh! j'ai été récompensé. J'ai eu le chapeau rouge pour avoir trahi Dieu.]

CARDONA, *acerbe.*

Grâce à cette malheureuse, vous apprenez enfin que

vous n'aimez pas gouverner! Et en effet vous avez menacé plusieurs fois le roi Charles de vous retirer dans votre diocèse. Seulement, c'était au cas où il ne vous accorderait pas des pouvoirs plus étendus!

Un silence.

CISNEROS, *rêveur.*

Auprès d'elle, on perd toute notion de temps et de lieu... Vous nous avez vus, n'est-ce pas? Vous avez bien vu que nous étions deux mêmes spectres... Mais les spectres ont quelque chose de bon : c'est qu'ils ne sont pas de ce monde-ci. *(Désignant une porte.)* Là est la chambre avec mon lit de parade. *(Prenant une clef dans sa poche et ouvrant une autre porte sur une chambrette.)* Et là est la pierre nue sur laquelle je dors tout habillé : pas un de mes serviteurs n'est jamais entré dans ce réduit. *(Déboutonnant sa mozette et sa soutane.)* Voici la bure. *(Désignant la bure.)* Et le cilice sous la bure... Je vous montre cela, j'ai tort, mais j'ai besoin de me justifier.

CARDONA

Pas aux yeux du monde, je pense? Il vous reproche déjà d'en faire trop. Il aurait horreur de vos singularités.

CISNEROS

Me justifier aux yeux de la reine. Écoutez ceci. J'ai été chez elle pour lui demander de sacrifier aux apparences. Mais, moi, il a fallu une bulle du pape pour me forcer à la souffrance constante de donner aux apparences; [c'est une bulle qui m'a forcé de prendre le train de vie qui est celui des prélats.] Elle est la femme la plus riche de la terre, et moi ma dignité est la première et la plus forte de l'Église après le Saint-Siège, plus riche et plus puissant moi seul que ne l'est ensemble toute la noblesse d'Espagne; et elle vit dans une chambre misérable, et je me cache pour vivre comme un moine. Il lui arrive de dormir à même le sol, et je dors à même le sol. Elle raccommode ses robes; je ressemelle mes sandales. Elle ne veut plus voir ni or ni argent, elle mange dans de la vaisselle de terre, sans nappe et sans serviette; c'est ce que je faisais quand Rome me l'a interdit. Elle hait tout ce qui est plaisir, et je hais tout ce qui est plaisir. Elle n'est curieuse de rien; et moi, qui dois être informé de tout, je ne suis curieux de rien. Le sceau qu'elle s'est choisi est un paon royal sur un globe terrestre, avec au-dessous le mot *vanitas* : un religieux s'en choisirait-il un autre? *(Son visage s'éclairant.)* Oh! quel but ce serait pour une vie, de faire que toute la partie sainte de cette femme soit consacrée et serve!

CARDONA

Sa partie sainte?

CISNEROS

L'indifférence aux choses de ce monde est toujours une chose sainte, et — même quand Dieu en est absent — une chose essentiellement divine. Elle et moi nous nions ce que nous sommes censés être. Elle et moi nous appartenons à la même race. Ceux qui ont regardé ce qu'elle appelle le rien et ce que j'appelle Dieu ont le même regard. C'est hier seulement que j'ai compris cela. Elle a prononcé des paroles horribles et je l'ai presque menacée de la faire surveiller par le Saint-Office. Et il y a eu aussi un moment où, pour un peu, je lui aurais demandé sa bénédiction.

CARDONA

Il est intéressant, Monseigneur mon oncle, de vous voir un peu désemparé.

[CISNEROS, *rêveusement.*

Rien ne me serait plus facile que de la déférer au Saint-Office. — Même contre Charles. Ce serait mon nouveau combat. Un grand risque, pris à l'âge que j'ai, vous rajeunit de trente ans. — Ou, qui sait? avec l'aide de Charles...

CARDONA

Voilà le politique qui remonte.]

CISNEROS

Je ne veux pas ce que j'aime, et je veux ce que je n'aime pas. La passion de la retraite s'est jetée sur moi comme un accès de fièvre. Retourner au monastère — à Yuste, j'ai déjà fait mon choix, — laisser Ruiz administrer l'archevêché de Tolède, oublier ce cauchemar que sont les hommes, oublier tout ce que j'ai fait et qu'on m'a fait, oublier tout sauf Dieu, préparer mon éternité. Mais la retraite, hélas! n'est pas encore pour demain. Le jour que cent mille Arabes m'assiégeaient dans mon palais de Grenade, on m'a offert un moyen de fuir : j'ai refusé. Je ne m'enfuirai pas davantage quand s'avance cet enfant roi, portant dans sa gauche le royaume de la terre. Il a dix-sept ans à peine, et j'en ai quatre-vingt-deux. Que de choses j'ai à lui apprendre et de qui les saurait-il — dites un seul nom! — si ce n'est de moi? Je l'ai créé, je suis son père, je lui dois ce pour quoi j'ai vécu et qui s'étale derrière moi comme une traîne, — tout ce devoir dont la reine m'a dit qu'il allait être engouffré, oh! Dieu! de quelle voix d'un autre monde!

CARDONA

La reine vous a dit cela et vous l'en admirez. Moi aussi je vous l'ai dit, avant-hier, et de cet instant vous vous êtes tourné contre moi. Pourquoi cette différence?

CISNEROS

Parce que c'est elle...

CARDONA

Oui. Et parce que c'est moi. Vous écoutez la reine, cette folle, de qui la folie a sans cesse travaillé contre vous. Vous idolâtrez ce gamin, le roi, entouré de tout ce qui nous veut du mal. *(Bas, avec haine.)* Un roi né dans des latrines!

CISNEROS

Que dites-vous? Comment osez-vous?

CARDONA

Votre loyalisme insensé! Mais ceux qui vous aiment et vous servent, vous ne les voyez pas. Ouvrez les yeux! Voyez aussi ceux qui vous aiment.

CISNEROS

Je ne vois rien.

CARDONA

Eh bien! Monseigneur mon oncle, j'ai à vous dire maintenant que le roi Charles... *(Il s'arrête.)*

CISNEROS

Ensuite? Continuez.

CARDONA

Le roi m'a dit... *(Il s'arrête.)*

CISNEROS

Le roi vous a-t-il dit autre chose que ce que vous m'avez rapporté? *(Silence.)* Je suis très vieux, Luis. Quoi que j'en aie et quoi que j'en dise, je vis dans la douleur. La cause de cette douleur, c'est que tout ce que j'ai fait m'échappe : le sol s'entrouvre sous moi. La reine sombre dans la folie, et je sombre dans la mort. L'avenir dira que je suis mort avec une sérénité chrétienne. Cela serait vrai, s'il n'y avait pas mon pays. Pourquoi ai-je une autre patrie que la patrie céleste? Pourquoi ai-je aimé l'Espagne?

CARDONA

Et la mort, vous ne l'aimez pas ?

CISNEROS

Je n'aime pas ce que je laisse. Malheur à ce qu'on n'a pas fait de son vivant! Le drame de la mort, je me demande si c'est la mort, ou si ce sont les héritiers. Mon héritier, c'est Charles; il faut bien que je le rende le moins désastreux possible.

CARDONA

Le moins désastreux?

CISNEROS

Il n'est pas moi.

CARDONA

J'ai quitté un homme plein de vaillance, et je retrouve un homme atteint. Voilà l'œuvre de la folle.

CISNEROS

Un Autrichien gouvernera l'Espagne, et la gouvernera légalement. Les Flamands gouverneront l'Espagne, et la gouverneront légalement. Vous ne savez pas ce que c'est qu'être gouverné par l'ennemi. Non pas l'ennemi ouvert, qui vous piétine à la face de Dieu sous sa botte. Mais l'étranger établi là légalement. Et j'y ai mis la main : tout le reste était pire. [Ferdinand me détestait, mais en mourant il m'a donné la régence : pour lui aussi, tout le reste était pire.]*(Avec beaucoup d'émotion, presque avec tremblement.)* On parle beaucoup de charité. Mais qui a de la charité pour la vieillesse? Qui a de la charité pour moi? Qui me sait gré de l'effort inouï que je fais pour vivre, pour gouverner encore, pour essayer que tout tienne encore autour de moi, quand moi je ne tiens plus? Qui me sait gré de m'intéresser au lendemain, quand pour moi il n'y a pas de lendemain? [Non : seulement des critiques, et seulement des reproches, et seulement des menaces. Ils bourdonnent autour de moi comme les mouches autour d'une mule...]

CARDONA

[Vous vous lamentez comme la folle : « Tout ce que je fais est mal! »] Un homme comme vous ne devrait pas avoir besoin qu'on lui rende justice.

CISNEROS

On vérifie le vin que je bois, et jusqu'à l'eau dont on lave ces dalles. Deux fois on vient de tenter de m'empoisonner... Je dors et dans mes rêves ils me poursuivent encore.

CARDONA

Je connaissais votre secret, vous me l'avez avoué : il était que vous aimez d'être haï. Mais maintenant vous ne l'aimez plus; que se passe-t-il?

CISNEROS

Oui, que se passe-t-il? C'est moi qui vous le demande. De quoi suis-je coupable?

CARDONA

De tout.

CISNEROS

Comment?

CARDONA

De tout ce que vous avez fait.

CISNEROS

Je n'ai fait que le bien.

CARDONA

Toujours en abusant, en écrasant, en brisant. Ce que vous avez, vous l'avez cherché.

CISNEROS

Les hommes sont le mal. Comment ferait-on le bien, sans les contraindre? Et puis, d'autant ils ont souffert par moi, d'autant je les ai rapprochés de Dieu.

CARDONA

Et pourquoi vous occuper des hommes? Pourquoi voulez-vous gouverner encore? Pourquoi vous inquiéter de ce que vous avez fait? Quand vous venez de dire que vous ne souhaitiez que la submersion infinie.

CISNEROS

Une œuvre de vingt-cinq années... J'ai fait en vingt-cinq ans ce que d'autres ne font pas en quarante.

CARDONA

Vous pensez comme un saint pour qui Dieu seul existe, et vous pensez ensuite comme un marchand qui meurt.

CISNEROS

La reine m'a mis dans un trouble dont vous cherchez à profiter...

CARDONA

Vous avez profité avant-hier du trouble où me mettait la mort de mon enfant. *(Avec âpreté et sarcasme.)* Vous êtes devant une nécessité à laquelle vous ne pouvez rien. Alors aimez-la, collaborez-y! Oh! comme cela serait beau, que votre œuvre s'écroulât en même temps que vous! Avant de mourir, vous devriez déchirer votre œuvre, la déchirer? la ravager de vos propres mains — par des actes, par votre testament, — comme les enfants, quand la marée arrive, détruisent le château de sable qu'ils ont passé la journée entière à construire. Organisez vous-même le grand naufrage de votre galère. Ainsi, en mourant, vous signifieriez solennellement au monde que tout ce que vous avez fait est une dérision. Voilà qui aurait un grand sens, et qui serait digne d'un homme aussi exceptionnel que vous. Voilà aussi, Monseigneur, qui serait digne de la reine, et ce mot seul, je pense, va suffire à vous convaincre. *(Temps.)* Vous ne répondez rien? Vous n'êtes pas tenté? *(Temps.)* Allons, je vois que vous tenez beaucoup à vos œuvres. Je ne vous comprends pas, non, je ne vous comprends pas!

CISNEROS

Vous êtes du monde des vivants et je suis du monde des morts; il n'y a pas de langage commun entre nous. Une vérité pour les vivants. Une vérité pour les morts.

CARDONA

Je vais vous dire autre chose. En détruisant à votre mort votre œuvre politique, vous aurez enfin retrouvé Dieu. Songez-y bien, je vous dis ce que vous aurait dit la reine.

CISNEROS

La détruire comment?

CARDONA

Il est toujours facile de détruire. — Vous voyez, vous êtes tenté.

CISNEROS

Il y a en vous quelque chose de diabolique... *(Changeant de visage.)* Je ne me sens pas bien... Laissez-moi... Non, restez. Une présence m'écorche, et la solitude me fait peur. C'est une crise comme celle que j'ai eue il y a trois semaines.

CARDONA

Venez vous étendre.

CISNEROS

Non, pas étendu : assis. *(Il s'assied, porte les mains à*

son front.) Ah! c'est horrible! *(Il paraît défaillir, Cardona le soutient.)* Mon esprit s'égare. Est-ce bien vous, Luis, qui êtes là, ou n'étiez-vous là que tantôt?

CARDONA

Je suis là. Je fais appeler Campos.

CISNEROS

Non. *(Il reste assis un assez long temps, faisant des gestes dénués de sens, l'air hagard.)*

CARDONA

Je vous en prie, laissez-moi appeler le médecin. Vous ne pouvez pas rester ainsi.

CISNEROS, *se levant, et se dirigeant en vacillant jusqu'à son bureau, où il s'assied.*

Je vais extrêmement bien. Je classe ces papiers avec une lucidité entière. *(Les mains tremblantes, il met des papiers dans des dossiers, manifestement ne sachant pas ce qu'il fait. Puis il se lève et, comme un homme ivre, va s'adosser au mur.)* Je suis tout à fait bien. La conquête des Indes du Nord serait pour moi un jeu d'enfant. Quel chiffre donne : sept fois neuf?

CARDONA

Asseyez-vous. Vous me faites peur. *(Il approche un fauteuil, où Cisneros tombe assis.)*

CISNEROS

Je vous ai demandé : quelle somme fait : sept fois neuf?

CARDONA

J'appelle Campos, que vous le vouliez ou non.

CISNEROS

Campos! C'est lui qui a tenté de m'empoisonner...

CARDONA

Mais non! Mais non!

CISNEROS, *d'une voix éteinte.*

Qu'il vienne vite.

CARDONA, *après avoir sonné, au valet qui apparaît.*

Fais venir au plus vite le docteur Campos. *(Bas.)* Et le Père Altamira, pour qu'il le confesse. Vite! vite!

CISNEROS, *de plus en plus éteint.*

Les nuages se dissipent. Voici la fin des nuages...

SCÈNE III

CISNEROS, CARDONA, ESTIVEL, ARALO,
puis VARACALDO, L'ARCHEVÊQUE DE GRENADE

ESTIVEL

On appelle Campos. Le cardinal est-il souffrant?

CARDONA

Pis que souffrant : au plus mal. Son pouls est presque insensible.

Le cardinal reste silencieux pendant les répliques suivantes. Les paupières closes, ratatiné et complètement perdu dans ses vêtements sacerdotaux, au fond de son fauteuil, il paraît épuisé.

ARALO

Il est livide. Je crois qu'il passe.

ESTIVEL, *avec extase.*

C'est le moment, c'est enfin le moment! Et nous allons voir cela de nos yeux!

ARALO

On dirait une levrette enveloppée dans une couverture. Et une levrette qui n'est guère en état de montrer les dents.

ESTIVEL

Voilà donc celui qui faisait peur à tant de gens, qui empêchait tant de gens de dormir! L'homme qui cherche à faire peur est plus vil qu'une bête sauvage. *(Avec extase.)* Maintenant, c'est nous qui ferons peur!

ARALO

Il faut avouer qu'il expire avec un parfait naturel

CARDONA

Je vous en prie, allez chercher de l'eau, que je lui humecte les tempes. *(Personne ne bouge.)*

L'ARCHEVÊQUE, *à Cisneros.*

Vous me reconnaissez? Je suis Antonio de Rojas, archevêque de Grenade. Vous me donniez des ordres il y a une demi-heure. Le temps n'est plus de me donner des ordres à présent.

CARDONA

Respectez un homme qui va mourir, Monseigneur.

L'ARCHEVÊQUE

Je respecte la mort en lui, non lui.

ESTIVEL, *se jetant à genoux, les mains jointes.*

Mon Dieu, faites qu'il meure! Mon Dieu, faites qu'il meure!

ARALO, *faisant de même.*

Mon Dieu, faites qu'il meure!

L'ARCHEVÊQUE

Retirez-vous, Monsieur le Neveu. Vous aussi, votre

règne est terminé. *(Au cardinal.)* Il y a eu le temps de faire. Maintenant est venu le temps de défaire, et de faire autre chose que ce que vous avez fait, Cardinal.

ESTIVEL, *toujours à genoux, à l'archevêque.*

Insultez-le bien. Dans l'état où il est, nos insultes peuvent le finir.

CARDONA, *au valet, qui rentre.*

Et le Père? Et le docteur?

LE VALET

Le docteur Campos arrive. Le Père, on ne le trouve pas dans le palais.

CARDONA, *à l'archevêque.*

Monseigneur, je vous en prie, donnez-lui vite l'absolution...

L'ARCHEVÊQUE

Dieu l'absoudra s'Il lui plaît, sans qu'on ait besoin de moi.

ARALO, *toujours à genoux.*

Mon Dieu, faites qu'il meure! Mon Dieu, faites qu'il meure!

CARDONA, *au cardinal.*

Pouvons-nous faire quelque chose pour vous? Voulez-vous quelque chose?

CISNEROS, *très faiblement.*

Je voudrais ne plus voir de visages humains.

ARALO, *se relevant, avec crainte.*

Il parle, il entend... Éloignons-nous.

VARACALDO

Monseigneur, ma nomination au secrétariat des

ordres militaires, que vous m'aviez promise, si vous pouviez la confirmer devant témoins... Vous savez que tout mon avenir en dépend...

CARDONA

Monseigneur, vous semblez très faible. Au cas où l'heure de Dieu serait proche, vous devriez réciter les prières des agonisants...

CISNEROS, *avec une force inattendue.*

Non! non!

CARDONA

Tenez ce cierge bénit dans votre main.

CISNEROS, *laissant tomber le cierge qu'on lui mettait dans la main.*

Non! non!

L'ARCHEVÊQUE, *au cardinal, sous son nez.*

Nous témoignerons que vous êtes mort en refusant d'invoquer le Sauveur.

CARDONA

Il rouvre les yeux.

L'ARCHEVÊQUE

Vous avez dit que vous ne vouliez pas voir de visages humains. Nous témoignerons que vous êtes mort en rejetant la communauté de vos frères.

VARACALDO

Monseigneur, pour ma nomination, vous savez que je suis ici le seul des secrétaires à connaître le latin, et comme je me débrouille dans le chiffre. Il n'y a que moi qui m'y retrouve.

CARDONA

Laissez-le, Monsieur le Licencié. Vous voyez bien qu'il se remet. Ne l'étourdissez pas.

VARACALDO

Le cardinal m'a promis aussi le secrétariat de la Sainte Inquisition...

CARDONA

Il en a ici qui ont servi loyalement le cardinal. Mais vous!...

VARACALDO

Mais moi?...

CARDONA

Quand vous avez osé écrire que « le serviteur de Dieu avait bien su se servir lui-même »!

VARACALDO

Je proteste que Sa Seigneurie me fait confiance plus qu'à personne au monde!

CISNEROS, *ressuscitant, d'une voix très ferme.*

Je ne mourrai pas avant d'avoir rencontré le roi.

CARDONA

Allons, ce n'était pas si grave...

CISNEROS

Je vivrai pour rencontrer le roi.

Estivel, Aralo et l'archevêque de Grenade profitent de l'entrée du docteur Campos pour se retirer.

SCÈNE IV

CISNEROS, CARDONA, VARACALDO, CAMPOS

LE DOCTEUR CAMPOS

Qu'y a-t-il ?

CISNEROS

Rien. Quand je serai pour mourir, je vous le ferai savoir. Je rencontrerai le roi. Je lui dirai ce que j'ai à lui dire. Ensuite je mourrai s'il le faut. — Je sais pourquoi j'ai eu cette défaillance. Parce que je n'ai pas pris la sainte Communion ce matin.

CARDONA

Mais c'est Dieu lui aussi qui vous ressuscite.

CISNEROS

Je les entendais m'outrager. J'ai fait durer cela un peu.

CARDONA

Ce n'est pas ce que vous disiez il y a un moment.

CISNEROS.

Qu'est-ce que je disais ?

CARDONA

Que vous ne vouliez plus voir de visages humains.

CISNEROS, *avec émotion.*

Encore une parole de la reine : « Je n'aime pas

les visages »... — J'avais horreur de leurs visages, mais, dans un rêve, je les entendais m'outrager, et j'aimais cela : c'est cela qui m'a rendu la vie. *(A Varacaldo.)* Faites préparer un ordre d'arrêt contre l'archevêque de Grenade. Il sera emprisonné à la Tour de Calahorra.

VARACALDO

Quel motif donnerons-nous ?

CISNEROS

Aucun. Quant aux deux autres, ils oublient que leurs bons amis les rebelles, à Villafrades, peuvent être écrasés en une heure. Envoyez un courrier à Sarmiento. Qu'il avance sur Villafrades, bombarde le bourg, qu'il n'y ait plus de Villafrades, qu'on sème du sel sur les décombres, que tout soit terminé demain soir.

Sortent Varacaldo et Campos.

SCÈNE V

CISNEROS, CARDONA

CARDONA

Cela est terrible.

CISNEROS

Dans la situation où je suis, il ne faut pas faire les choses à moitié, il faut les faire terriblement. Quand elles sont faites terriblement, alors elles sont faites.

CARDONA

Vous voulez vous assurer que vous êtes vivant.

CISNEROS

Je puis vous affirmer que quiconque ne m'obéira pas en répondra devant moi et devant Dieu.

CARDONA

L'inimitié personnelle qu'a contre vous l'archevêque de Grenade...

CISNEROS

Mes ennemis personnels sont par là même ceux de l'État.

CARDONA

Et vous ne devriez pas agir ainsi contre ceux de Villafrades. Tous les torts ne sont pas de leur côté.

CISNEROS, *désignant la fenêtre.*

Avec ce qu'il y a en bas, j'aurai toujours raison.

CARDONA

Ce qu'il y a... Quoi? Ah! oui, vos canons! Des canons dans la cour de votre palais, comme s'il était une place forte. Et leur fumée qui infeste...

CISNEROS

J'aime mieux l'odeur de mes canons que les parfums de l'Arabie.

CARDONA

Pourtant nous ne sommes pas en guerre, que je sache.

CISNEROS

On est toujours en guerre pour le Roi et pour la Foi. Raser Villafrades est peut-être un acte douteux, mais c'est un acte qui sert l'État. La question est donc jugée.

CARDONA

Vos canons qui tirent à blanc, pour faire du bruit!

CISNEROS, *revenant.*

Vous croyiez que j'allais mourir. Je vivrai pour recevoir mon roi. Je vivrai aussi pour voir la ruine de ceux que je me surprendrais à haïr, si on pouvait haïr avec Dieu et pour l'amour de Dieu. Une de mes forces est de n'avoir pardonné jamais. Et puis quoi, pardonner! pardonner! C'est la peur qui pardonne. Le moment n'est pas venu que je sois dépecé par tous. Ce moment viendra, mais ils ont encore à attendre. Et je mourrai de façon que ma mort les gêne bien, allez, vous verrez cela.

CARDONA

On meurt comme on peut.

CISNEROS

On meurt comme on est, et on meurt comme on le veut. Faites revenir Varacaldo. J'ai des lettres à dicter. *(Cardona, à son tour, se dirige tout d'un coup vers la fenêtre. Mais Cisneros le rappelle.)* Tout à l'heure, n'est-ce pas? j'ai crié : « Ah! c'est horrible! »

CARDONA

Oui.

CISNEROS

Vous ne direz à personne que j'ai crié cela. — Mais je sais bien que vous allez le dire. *(Cardona regarde par la fenêtre.)* Que regardez-vous?

CARDONA

Il me semblait que des cavaliers au galop s'étaient arrêtés devant le palais.

CISNEROS

Vous le rêvez. J'ai l'oreille encore fine.

CARDONA, *avec exaltation.*

Quand j'ai cru que vous alliez mourir... Excusez-moi, mon cœur m'étouffe... Je vous aime, mon Père, je vous révère; ce sera ma part ici-bas et dans les cieux, qu'avoir approché un homme tel que vous...

CISNEROS, *reculant.*

Ce ton me déplaît.

CARDONA

Mais vous avez toujours voulu m'humilier...

CISNEROS

Je vous ai humilié? Je ne me souviens pas.

CARDONA

Pourquoi m'avoir méconnu? pourquoi m'avoir dédaigné? Qui vous défendra après votre mort, sinon moi?

CISNEROS

Je ne vous dédaigne pas du tout, mon cher Luis...

CARDONA

Ne m'appelez pas « mon cher Luis ». Cela montre que vous me dédaignez.

CISNEROS

Vous perdez la tête.

CARDONA

Si j'avais pu parler avec vous, une seule fois, d'une façon humaine... Un mot, un seul mot, à de certaines heures, eût suffi. Mais vous ne l'avez jamais dit. Vous étiez ailleurs.

CISNEROS

Oui, j'étais ailleurs.

> *On entend un bruit de chevaux, très net cette fois, au-dehors. Les chevaux s'arrêtent. Des chiens aboient. Cardona va de nouveau, avec fièvre, à la fenêtre.*

CARDONA

Un courrier du roi!

CISNEROS

Du roi?

CARDONA

Voyez les oriflammes avec les tours et les lions.

CISNEROS

Je ne distingue pas. *(Il se dirige vers la porte.)*
> *Bruit à la porte.*

LE GENTILHOMME DE LA CHAMBRE, *entrant.*

Le Seigneur comte de Lemos fait dire à Votre Seigneurie qu'il vient de se briser une jambe dans une chute de cheval et qu'il ne pourra aller après-demain à Majados. Il va écrire à Votre Seigneurie.

CISNEROS, *à Cardona.*

Qu'est-ce qui vous a fait croire que c'était un courrier du roi?

CARDONA

Le blason de Lemos a les mêmes couleurs que les armes de Castille.

CISNEROS, *avec inquiétude.*

Le roi vous a parlé hier. Pourquoi enverrait-il un courrier aujourd'hui?

CARDONA

Il peut s'être passé... *(Il s'arrête.)*

CISNEROS

Rien ne se passe plus, là où je voudrais être. Mais ici se passent encore des choses. Qu'est-ce qui se passe? J'exige de tout savoir. Est-ce qu'il avait annoncé une lettre? Il y a des lettres qu'on ne me remet pas...

CARDONA

Qu'importe ce qui se passe, et pourquoi êtes-vous inquiet, puisque les hommes ne peuvent pas vous atteindre, vous me l'avez assez dit? Puisqu'en rien vous n'êtes comme les autres!

> *De nouveau, bruit de chevaux et aboiements de chiens. Un des chiens, seul, continuera d'aboyer, à intervalles plus ou moins fréquents, jusqu'à la fin de l'action.*

CISNEROS

Encore des chevaux qui arrivent... *(Il va à la fenêtre.)* Des hommes du roi! Cette fois on ne peut s'y tromper : il y a les quatre alferez. *(Il a pâli. Avec violence.)* Pourquoi me regardez-vous ainsi? Ai-je la mort inscrite sur le visage? Cessez donc de me regarder ainsi. *(Cardona va à la fenêtre.)* Comment avez-vous pressenti qu'il viendrait un envoyé du roi? Vous savez quelque chose et vous ne m'avez pas parlé. Vous m'avez trahi vous aussi, bien sûr.

Acte III, scène V

CARDONA

Si cela est « bien sûr », pourquoi m'avez-vous envoyé?

CISNEROS, *humblement.*

C'est encore vous de qui je me défiais le moins.

CARDONA

Vous vous défiiez de moi, vous en faites l'aveu. Et cependant vous m'avez envoyé : la passion a été la plus forte. Quelle passion? Vous vouliez me mater : les enfants qu'on jette à l'eau pour qu'ils nagent. Et vous vouliez m'exposer. La reine l'a bien dit : des actes en apparence raisonnables, et qu'en réalité vous ne faites que dans la passion. Et le duc de l'Infantado vous l'avait dit avant elle, par la bouche de son chapelain stupide.

CISNEROS

Que vous a dit le roi? Que lui avez-vous dit? Oh! vous ne lui avez rien dit de grave contre moi. Mais vous lui avez dit ce qu'il faut dire en ce moment, vous m'avez blâmé parce qu'en ce moment on doit me blâmer. Vous m'avez trahi pour faire comme les autres, ce qui est la façon la plus vile de trahir, celle qu'on écrase du pied comme un crachat. Eh bien! répondez. Vous, le vaillant capitaine, ayez au moins le courage de me répondre : « Oui, c'est cela que j'ai fait. »

CARDONA

Oui, c'est cela que j'ai fait.

CISNEROS

Vous retournerez à votre corps, comme vous le souhaitez. Et plus jamais vous ne reparaîtrez devant moi. Vous savez que c'est sans peine que je me débarrasse des gens.

CARDONA

Je pouvais ne rien vous dire. C'est par respect pour vous que je vous l'ai dit. J'ai pour vous un respect immense. Si vous étiez un peu généreux...

CISNEROS

J'ai été trop de fois généreux, et trop de fois en vain. Cela s'est usé.

CARDONA

Vous débarrasser des gens, cela aussi vous donne une preuve que vous existez.

CISNEROS

Reprenez ce livre dont vous m'aviez fait cadeau. *(Il saisit un in-folio sur la rangée la plus proche de sa bibliothèque, mais son bras ne peut le soutenir, le livre va tomber...)* Prenez-le vous-même. Je ne peux pas. *(Cardona prend le livre et le pose sur la table. A ce moment, des hommes ouvrent la porte. De nouveau, brouhaha à la porte.)* Qu'on fasse donc taire ce chien! Nous sommes ici avec Dieu et le roi, pas avec les chiens!

SCÈNE VI

LES MÊMES, LE GENTILHOMME DE LA CHAMBRE, VAN ARPEN, LA MOTA

LE GENTILHOMME DE LA CHAMBRE

Monseigneur, le baron Van Arpen est là, avec un message du roi. Don Diego de la Mota l'accompagne. Ce doit être un message très important, pour que le roi ait envoyé un de ses conseillers...

cisneros, *soudain rasséréné, du moins
en apparence.*

Van Arpen est un des rares parmi ces gens-là qui soit bien. Et Don Diego est un ami dans le camp d'en face. *(A ce moment, on entend la sonnerie de l'angelus, qui se mêle aux aboiements du chien.)* L'angelus... Dans quelques jours, ce sont toutes les cloches de Madrid qui sonneront pour l'entrée de notre roi. — Prions pour que la lettre de notre roi soit une lettre bonne.

> *Le cardinal s'agenouille à deux genoux, avec beaucoup de peine. Le gentilhomme de la chambre et Cardona fléchissent le genou. Ils prient à voix basse. Ensuite :*

CISNEROS

Faites entrer le baron Van Arpen.

> *Van Arpen et La Mota entrent. Van Arpen en habits de couleurs voyantes, La Mota en noir des pieds à la tête. Durant toute la scène, La Mota se tiendra à l'écart, en retrait, immobile et rigide.*

van arpen, *genou en terre devant le cardinal,
très obséquieux.*

Monseigneur, je baise vos mains et je me dis votre fils respectueux et soumis. Monsieur le capitaine Cardona a dû vous annoncer ma venue. *(Le cardinal se tourne vers Cardona, avec saisissement.)* J'apporte à votre révérendissime Seigneurie une lettre de Sa Majesté, dictée hier. Puisque Dieu a voulu que je fusse la première personne de la cour à me trouver en votre sainte présence, j'assure votre révérendissime Seigneurie que rien au monde ne nous est plus cher à tous que l'amour que les peuples d'Espagne et vous-même vous portez à Sa Majesté. Cet amour est rendu. Entre ceux qui arrivent et vous il n'y a pas eu d'ombres; il n'y en aura pas. L'unité du royaume est dorénavant plus forte que jamais. — Je demande à Votre Seigneurie sa bénédiction.

CISNEROS

Je vous la donne, et je vous témoigne que vos paroles me sont agréables. *(Il lui donne la bénédiction. Puis il dit aimablement à La Mota :)* Don Diego, je ne vous ai pas souhaité la bienvenue...

> *La Mota ne répond pas, et ne bouge pas. Un court temps. Le cardinal lui donne, de loin, la bénédiction. Puis il va vers la porte et crie à des gens du dehors, avec colère :* « Enfin, est-ce qu'on ne m'obéira pas ? Est-ce qu'on ne va pas éloigner ce chien ? » *Puis il revient, saisit le pli que lui tend Van Arpen, et l'appuie contre son cœur. Puis il commence de le lire, marque une vive émotion, et le tend à Cardona. Mais aussitôt il se reprend, et le tend à Van Arpen.*

CISNEROS, *d'une voix blanche, à Van Arpen.*

Je n'ai lu que la phrase me commandant de quitter Madrid et de me retirer dans mon diocèse aussitôt que j'aurai mis le roi au courant des affaires. Voulez-vous lire ce qui suit.

VAN ARPEN, *lisant.*

« Pour y prendre un repos si nécessaire à votre vieillesse. »

CISNEROS

Ensuite ?

VAN ARPEN

« Dieu seul pourrait récompenser dignement les services que vous avez rendus à l'Espagne. »

CISNEROS, *de plus en plus faiblement.*

Ensuite ?

VAN ARPEN

« Je ne cesserai d'avoir pour Votre Seigneurie le respect et l'affection d'un fils. »

CISNEROS, *de même.*

O mon Dieu! Qu'ai-je fait? Pourquoi cette punition? *(Le cardinal esquisse un pas en titubant; des larmes lui sont venues aux yeux.)* Pauvre roi, pauvre roi, lui aussi, il aura ses traîtres...

> *Il commence sur sa poitrine le signe de croix, qu'il ne peut finir, et s'écroule. Il n'est pas étendu, mais recroquevillé sur lui-même, rapetissé comme une mouche morte. Cardona, un genou en terre, le tourne, palpe son cœur, fait signe qu'il a cessé de vivre. Van Arpen éclaire le groupe : tout le reste de la pièce est dans de profondes ténèbres, d'où ne sortent que le visage et la collerette pâles de La Mota.*

CARDONA

Il était donc bien comme les autres! *(Soudain il soulève une des mains du cadavre, et la baise.)* Mon Père, pardonnez-moi! Mon Père!

VAN ARPEN, *posant le flambeau sur la table.*

Qu'il ne croie pas que nous ayons fini de le juger.

LA MOTA

Un jour on ne le jugera même plus.

> *Dehors, le chien aboie continûment.*

POSTFACE

Cette pièce fut écrite à Paris durant les étés de 1957 et de 1958. L'été 1957, je travaillais alternativement au *Cardinal d'Espagne* et à *Don Juan*. Le matin, je faisais galoper vers Séville le Plaisir et la Mort. Le soir, je faisais danser le fandango à la Perfidie, la Folie et la Mort. Il s'agissait ici et là de gens qui veulent mourir dans ce qu'ils sont. Don Juan y arrive parce qu'il a une passion unique, l'heureux homme. Cisneros a deux passions, et meurt déchiré. L'un et l'autre sont des exceptionnels, c'est-à-dire que le monde lui aussi les déchire.

Le Cardinal d'Espagne n'est pas une pièce historique. S'il était une pièce historique, j'y aurais fait intervenir plusieurs personnages qui sont passés dans les derniers temps du cardinal Cisneros, et de qui la valeur dramatique ou sentimentale est grande [1].

Cette pièce n'étant pas une pièce historique, les

1. Les corégents imposés à Cisneros par le roi (Adrien d'Utrecht, doyen de Louvain, la Chaux, Sauvage), qui le traversent, Adrien d'Utrecht, notamment, qui ouvre sa correspondance. La fille de Jeanne la Folle (dix ans), intelligente et sensible, qui partage la réclusion et la déchéance de sa mère, et intervient auprès du roi en sa faveur. L'infant Fernando (quatorze ans), *el hermoso,* « le beau », frère du roi Charles, qui veut régner et complote, et l'admirable scène où il donne libre cours à sa colère, son orgueil et ses larmes devant l'octogénaire Cisneros, qui le mate. Germaine de Foix, veuve du roi Ferdinand, amoureuse de l'infant-enfant, et qui rêve de l'épouser dans quelques années, etc.

connaisseurs n'ont pas à s'impatienter si j'y ai ajouté la déformation du dramaturge à cette première déformation qu'est l'histoire. D'autant que les connaisseurs sont rares, hors d'Espagne. J'ai interrogé des Français, des Anglais, des Italiens cultivés : aucun d'eux ne savait quoi que ce soit du cardinal Ximenez de Cisneros. (Si la reine Jeanne ressuscitait, quelle joie pour elle de voir que l'étonnant Cisneros est à ce point oublié, et que, bien entendu, peu de temps après sa mort, il ne restait pas grand'chose de ce qu'il avait fait!)

Le problème que j'ai évoqué principalement dans cette pièce est celui de l'action et de l'inaction, touché dans *Service inutile* dès 1933, et plus tard dans *Le Maître de Santiago*. Il me semble qu'ici il dévore tout le reste. Car il n'y a pas de problème plus essentiel pour un homme que celui de décider si ses actes ont un sens ou n'en ont pas.

A l'intérieur de ce problème évoluent ici trois « caractères » :

1° le caractère de Cisneros, l'homme qui se trompe sur ce qu'il est : la radio nous apprend que nous n'avons pas la voix que nous croyons avoir. Durant le premier acte, il se vante qu'aucun affront ne peut le blesser. Durant le second acte, il est troublé par la tentation de la retraite, trouble qu'il dévoile au début du troisième acte. Mais lorsque, *in fine,* le roi lui fait un affront, auquel il devrait être insensible, et lui impose cette retraite, après laquelle il soupirait, il meurt de douleur. Tragédie de l'aveuglement, comme *Malatesta*. « Hommes, toujours si différents de ce qu'ils croient être » (note de *Fils de personne*). J'ai écrit aussi : « Ce que chaque être offre de plus exaltant à l'amateur d'âmes, c'est sa façon de se mentir à soi-même. » Dans mon théâtre, Philippe et Geneviève de Presles, Malatesta, Alvaro, la sœur Angélique se trompent sur eux-mêmes;

2° le caractère de Cardona, qui mêle l'admiration et

l'animosité, l'affection et la perfidie, la clairvoyance et l'inconscience. Il « aime » tout en trahissant, c'est-à-dire qu'il n'aime pas. Il trahit par envie, par petitesse, par rancune, par conformisme; surtout par le sentiment incurable de son infériorité.

(La jalousie de Cardona — jaloux de quiconque attire l'attention ou la sympathie de son oncle : la reine, le roi... — le pousse à employer contre le cardinal les mêmes idées qu'a employées contre celui-ci la reine, et en renchérissant sur elles : il est par moments le singe de la reine. La méchanceté du cardinal contre Cardona affronte la méchanceté de Cardona contre le cardinal. Le neveu jalouse le caractère de l'oncle, en même temps qu'il méprise sa vieillesse, et l'oncle méprise le caractère du neveu, en même temps qu'il jalouse sa jeunesse. Cardona est un demi-sot, mais son mouvement de méchanceté, au III, quand il veut se venger de Cisneros, lui fait transcender sa sottise, et c'est alors qu'il propose à Cisneros la tentation de dévaster son œuvre par sa mort, afin de pouvoir « retrouver Dieu », idée qui bouleverse le cardinal au point qu'il en perd connaissance. — La tentation de détruire tout ce qu'on a construit est une des obsessions de mon œuvre. *Ædificabo et destruam* — « j'édifierai, et je détruirai ensuite ce que j'ai édifié » — a été pendant longtemps une des devises de cette œuvre);

3° le caractère de la reine, qui oscille sur un rythme rapide de la sagesse profonde à la folie.

(Remarquons-le en passant : si ces deux derniers personnages sont multifaces, Cisneros lui aussi a plusieurs faces : *caudillo,* moine, cardinal, lettré, voire à l'occasion chef de guerre. Et le conflit entre deux de ses tendances, le goût du pouvoir et le goût de la contemplation, est un des éléments de la pièce. Par là mes trois personnages justifient cette pensée, qui est de Hugo, je crois, et que j'ai illustrée déjà dans *Malatesta,* que le propre de la Renaissance est le double visage.)

NOTES

NOTE I

« LE » CARDINAL D'ESPAGNE

Sur la légitimité du titre *Le* (pourquoi « le »?) *Cardinal d'Espagne,* je possède un abondant dossier.

Ce titre est légitimé du fait, presque certain, que, durant les dix années de son cardinalat, Cisneros fut le seul cardinal espagnol. M. l'abbé Lopez de Toro, de l'Académie royale d'Histoire, sous-directeur de la Bibliothèque nationale de Madrid, qui compose présentement un ouvrage sur Cisneros, m'écrit que ses lectures ne lui ont pas révélé l'existence d'un autre cardinal espagnol pendant cette période.

Ce titre est légitimé de façon plus forte encore. Dans plusieurs lettres adressées à Cisneros, en particulier par le roi Charles, Cisneros est appelé non pas dans les suscriptions, œuvres de secrétaires qui « titrent » souvent selon leur fantaisie, mais dans le corps de la lettre : *Cardenal de España,* comme s'il était le seul cardinal espagnol à ce moment, ou comme s'il était le seul cardinal à pouvoir porter officiellement ce titre.

M. Lopez de Toro n'avait pas cru d'abord que je pusse appeler Cisneros « le Cardinal d'Espagne », malgré les références que je lui donnais, trouvées dans la correspondance du régent. Par la suite, il m'a écrit : « J'ai poursuivi mes recherches et j'ai trouvé de nouvelles preuves à l'appui de votre thèse. » Et de me citer lui-même de nombreuses lettres et de nombreux ouvrages espagnols du XVIe siècle où est bel et bien donné à Cisneros le titre « Cardinal d'Espagne ».

NOTE II

En écrivant *Le Cardinal d'Espagne* me revenait un sentiment de malaise éprouvé déjà en écrivant *Malatesta* et *Port-Royal*. Il me semblait entendre l'explosion d'indignation et de douleur qui échappait à Malatesta, à la sœur Angélique de Saint-Jean et à Cisneros, en quelque lieu mystérieux, tandis qu'ils prenaient connaissance des ouvrages où je les mettais en scène, et j'avais comme le mouvement de leur demander pardon.

Pourtant je les ai traités avec respect : avec le respect du document. Mais n'est-ce pas pire que tout lorsqu'on juxtapose, à ma façon, le « petit fait vrai » (soigneusement justifié par une référence livresque!) à la pure et simple invention? On paraît authentifier ce qui, vérité et invention mêlées, en fin de compte est fantaisie, et n'est rien que fantaisie.

Je me suis ouvert de mon malaise à quelques personnes. Elles m'ont rétorqué :

— que cette déformation est sans importance quand les personnages travestis de la sorte ont vécu dans des temps très anciens. Mais celui qui a parlé des « futiles données du temps et de l'espace » ne voit pas de différence raisonnable entre les êtres qui vivaient il y a deux mille ans et ceux qui vivaient il y a vingt ans. S'il y a préjudice, il est le même pour les uns et pour les autres.

— que les personnages en question n'existent plus d'aucune vie consciente, et que mes scrupules sont donc rêverie. Sans doute.

— que tout ce qui est roman historique, « vie romancée », etc. agit avec autant de légèreté. Sans doute.

— que ces personnages sont déjà déformés dans l'image d'eux qui nous parvient par le document et le « petit fait vrai ». Chaque homme public connaît la caricature insensée qui est faite de lui de son vivant, et qui même, quelquefois, est faite ainsi sans mauvaise intention. Le monceau d'accusations contre Malatesta nous est arrivé tout entier de la main du pape Pie II, son ennemi mortel; peut-être n'y a-t-il là que calomnie, et j'ai ressuscité complaisamment ces calomnies. Tout ce que nous savons de l'archevêque Péréfixe durant la journée de 1664 déroulée dans *Port-Royal,* nous ne le savons que par les écrits de religieuses qui le détestaient; peut-être ne fut-il pas du tout ridicule. Dès lors, me disent mes interlocuteurs, pourquoi vous gêner? Vous ne faites qu'ajouter votre grain de sel à ce qui était déjà invention sous la plume des contemporains.

Je crois que mes interlocuteurs n'ont pas beaucoup de respect pour l'être humain. Et cependant, quand on sait la complexité de cet être et des mobiles qui jouent en lui, et qu'on voit substituée à ce qu'il comporta réellement — presque toujours si nuancé — cette grossière fantaisie qui va coller sans fin à son nom, comme une tunique de Nessus, cela fait un peu mal au cœur, surtout quand on est parmi les coupables. On se remonte en songeant que nul homme public n'échappe à cette tunique de Nessus : nous ne survivons qu' « arrangés », — et notre langue populaire donne bien à ce verbe le sens péjoratif qu'il mérite. C'est payer cher de survivre; on se demande si, à ce prix, le jeu en valait la chandelle.

NOTE III

LA « DURETÉ » DE CISNEROS

Lorsque fut créé *Le Maître de Santiago,* dans la presse française on se voila la face devant la « cruauté » du principal personnage, don Alvaro. J'eus la simplicité de vouloir le justifier. J'oubliais que j'étais fortement dans la vérité ethnique et historique, et, si j'avais eu à me reprocher quelque chose, ç'aurait été plutôt d'avoir fait tant parler Alvaro de charité. J'ai lu depuis dans Unamuno, *En torno al casticismo :* « Montégut disait de nos mystiques qu'ils ne connaissent la charité que de nom, et qu'elle est pour eux vertu théologique plutôt que théologale. Cette affirmation peut se justifier. » (J'ajouterai : lorsqu'ils sont charitables, ce n'est pas par amour des hommes, c'est par amour de Dieu. Et, d'après mes lectures, j'ai l'impression que c'est là en particulier le cas de Cisneros.) L'Espagnol n'est pas et n'a jamais été un tendre — il n'y a pas de lacs en Espagne, — et d'ailleurs, nulle part en Europe, au XVIe siècle, la mode n'était à l'amour, je veux dire l'amour humanitaire [1].

Cependant toute la vie de Cisneros témoigne d'une dureté, envers soi et envers les autres, qui a frappé même ses contemporains et ses compatriotes. J'ai jugé nécessaire de donner ici quelques références historiques de cette dureté, pour deux raisons.

1° Parce que sans elle l'effondrement final de Cisneros, dans sa vie et dans ma pièce, est sans importance. Il est important parce que Cisneros est « un dur », et se croit encore plus « un dur » qu'il n'en est un.

2° Parce que l'esprit d'aujourd'hui est porté à ne voir un ecclésiastique que sous un aspect lénifiant. Il fallait, pour justifier mon personnage (ce qui n'était pas nécessaire lorsqu'il s'agissait d'un laïc, et d'un personnage de fiction, comme Alvaro), montrer que le cardinal Cisneros ne fut pas cela. De même aurais-je bien fait d'ajouter en appendice à *Port-Royal* (au volume) des extraits des chroniques du XVIIe siècle où sont relatés les mots et gestes de l'archevêque de Paris en la circonstance qui fait le sujet de la pièce, puisqu'on a trouvé généralement invraisemblable sa grossièreté dans cette pièce, alors que j'avais pris soin d'édulcorer à l'extrême le personnage historique, pour ne pas choquer mes spectateurs et lecteurs.

On lira plus loin des notes qui authentifient certains traits que j'ai empruntés à l'histoire, mais seulement ceux qui

---

1. Un autre moine politique, le Père Joseph, est en train de dire sa messe. On vient lui annoncer qu'on a fait deux cents prisonniers espagnols, et on lui demande s'il faut les tuer. « Oui, tous », répond le moine, et il se remet à dire l'Évangile. Fagniez, dans son livre *Le Père Joseph et Richelieu*, Paris, 1894, cite ces vers du Père Joseph, adressés à la Grèce qu'il veut par une nouvelle croisade délivrer des Infidèles :

> *Si, pour te soulager, l'univers je tournoie,*
> *C'est trop peu pour mes vœux.*
> *Dans une mer de sang il faut que je me noie,*
> *Pour éteindre mes feux.*

Les exemples de cet état d'esprit favorable à la *mer de sang* sont courants chez les ecclésiastiques de ces époques. Je n'ai cité ces deux-ci que parce qu'ils viennent d'un franciscain, comme Cisneros.

peuvent surprendre le public. De ce nombre sont les traits « durs » de Cisneros : ses moyens pour convertir les Maures[1], sa façon de conduire la guerre de Navarre, l'écrasement de Villafrades, sa phrase : « Avec cela (ses canons) j'aurai toujours raison », le traitement infligé au chanoine Albornoz, sa phrase : « Autant de pègre en moins », sur une armée espagnole massacrée en Afrique, etc.

Dans un des récits les plus récents consacrés à Cisneros, *Perfiles humanos de Cisneros,* discours lu en novembre 1958 à sa réception à l'Académie royale d'Histoire de Madrid, l'auteur, M. Lopez de Toro, dit (p. 11) que le signe biblique de « contradiction » est « la clef à laquelle il faut sans cesse recourir pour trouver l'interprétation exacte des actions de Cisneros, tant celles de l'ordre le plus intime que les plus transcendantales et les plus importantes pour l'histoire du pays ». Il parle (p. 30) du « labyrinthe de contradictions » qu'était Cisneros, labyrinthe où se perdaient Espagnols aussi bien qu'étrangers.

Je pense que ce jugement peut s'appliquer à toutes les natures riches, surtout quand elles sont celles de *bêtes d'action,* et qu'on peut le porter aussi bien sur Napoléon et Jules César. L'important pour moi est ailleurs. Il est en ceci : que l'essentiel de ces « contradictions » soit aux yeux de M. Lopez de Toro la contradiction entre l'état ecclésiastique et la dureté. M. Lopez de Toro, qui est prêtre, et publie son travail sous un double imprimatur, avance à pas de chat, on s'en doute. Il se fait comprendre cependant lorsqu'il écrit : « Je réaffirme sa contradiction perpétuelle en ce cas typique, contradiction sur laquelle on s'appuie aussi pour objecter à sa béatification », et lorsqu'il montre que la conduite de Cisneros avec

---

1. ... « la manière expéditive et vigoureuse avec laquelle Cisneros procédait à la conversion des Maures, manière dure et nullement conforme à la théologie, que cependant il ne faut pas imputer à l'homme, mais au siècle qui l'animait de son esprit de fer » (Le P. Retana, cité par Lopez de Toro, *Perfiles humanos de Cisneros,* p. 53).

Les jugements dans le même sens abondent. « De nature dédaigneux et amer » (Santamarina, *Cisneros,* Madrid, p. 193). « Il était peu apte au maniement des hommes : pour quelque cause que ce fût, il expédiait rudement ceux qui venaient le voir, ou les traitait avec plus d'âpreté que ne l'accepte le caractère fier des Espagnols » (le contemporain Moringo, cité par Lopez de Toro, *op. cit.,* p. 31). Etc., etc.

Albornoz influa elle aussi sur le procès de béatification, qui n'aboutit pas (p. 49 et 50)[1].

J'ai trouvé dans d'autres lectures, une ou deux fois, la même raison donnée à l'insuccès de la béatification, mais en des endroits que je n'ai pas relevés, parce que ce point ne m'avait pas encore conquis. Si l'on était un historien, et non un dramaturge, qui n'a pas à s'attarder outre mesure, comme il serait intéressant de rechercher les traces du procès de béatification!

Une telle recherche n'a jamais été faite, ou, si elle l'a été, l'a été en sourdine. Car les procès de cette sorte sont des entreprises qu'il faudrait n'enfourner qu'à coup sûr; en cas d'échec, cela est pis que rien. On se dit : « Tiens! qu'y a-t-il eu? » Pour nous autres, cela rend plutôt l'intéressé sympathique : il était homme, totalement homme, puisqu'on n'en a pas voulu comme saint; il a été critiqué, il valait donc quelque chose. Mais le grand public éprouve un certain malaise quand il a vent du faux pas, ce qui d'ailleurs est rare. — Un des prototypes de Don Juan, l'assez célèbre Miguel de Mañara, converti sur le tard, a eu lui aussi une béatification ratée.

Disons, après tout cela, que Cisneros fut un Grand Inquisiteur très modéré.

NOTE IV

LES DEUX POURPRES

La *corrida* d'un taureau est divisée en trois *tercios,* trois *tiers,* chacun de cinq minutes environ. Dans le premier *tercio,* le taureau est en principe *levantado,* tenant la tête levée, fier et ne

---

1. M. Lopez de Toro m'a écrit à ce propos : « ... la juste interprétation que vous avez donnée de mes paroles sur la *contradiction* constante que l'on observe dans le caractère de Cisneros, sur la prédominance, à certains moments, de sa dureté, et sur le fait que son intolérance a été, selon moi, la note défavorable qui a entravé le cours de son procès de béatification, hypothèse confirmée par le fait que — outre le manuscrit d'Alvar Gomez, *De rebus gestis* — telle et telle circonstance de ce genre a été consignée dans ledit procès, comme je l'ai fait constater à plusieurs reprises dans mon discours. »

doutant de rien. Dans le second, il est *parado,* arrêté : il a reçu un coup d'arrêt — les coups de pique — qui a « douché » sa fougue. Dans le troisième, il est *aplomado,* alourdi : alourdi, ahuri par les piques et les banderilles, et par toutes les feintes où il a, c'est bien le cas de le dire, donné tête baissée.

Dans *Le Cardinal d'Espagne,* Cisneros est, au premier acte, *levantado;* au second, *parado* (par la reine, qui lui a donné le coup d'arrêt); au troisième, *aplomado.*

Le troisième acte est calqué quasiment sur le troisième *tercio* de la course. Cisneros reçoit le coup d'épée, que lui donne l'insolence de Cardona, mais il reste debout. Les *banderilleros,* dans le cas analogue, font tourner rapidement la bête, à coups de cape brutaux, pour l'étourdir, la déséquilibrer, la forcer à s'abattre. De même les assistants étourdissent le cardinal blessé, d'insultes et de disputes; chacun essaie de l'achever à sa façon. Cisneros s'effondre, mais une insulte plus forte (le coup de couteau maladroit du *puntillero*) l'amène à se relever. Comme fait le taureau qui s'est relevé ainsi, il se remet en marche. Le matador (qui cette fois n'est plus Cardona, qui est un enfant invisible, un jeune Mithra tauroctone, le roi) s'avance, sous les espèces de Van Arpen, assisté du silencieux La Mota [1], celui-ci très pareil au *banderillero* qui assiste son matador, à l'écart, immobile, mais prêt à intervenir s'il le faut. Le coup est porté, enfin mortel. Ouf! Le matador et son assistant poussent le cadavre du pied.

Nombre de Français, et entre tous les intellectuels parisiens, prennent des airs supérieurs quand il est question de tauromachie. La tauromachie est une chose qui va très loin. On peut retrouver le drame taurin à chaque coin de la vie, et tout le long de sa vie. J'aurais beaucoup à dire là-dessus, et bien plus profond que ce que j'en écrivais il y a trente ans. L'essentiel de ce que j'aurais à dire est que le drame du taureau, pendant le quart d'heure de la course, reproduit la vie de l'homme, reproduit le drame de l'homme : l'homme vient assister à sa propre passion dans la passion d'une bête. Là est le grand sens du mystère taurin, et non dans la mythologie où je le voyais il y a trente ans.

---

1. Je n'imagine La Mota qu'avec les traits et les habits du duc d'Albe, dans l'inoubliable portrait par Titien (copie de Rubens) qui est chez les ducs d'Albe à Madrid. L'incarnation de la méchanceté (puisqu'une fois de plus il faut revenir à ce mot).

Pour finir, et amuser le lecteur, j'ajouterai que Cisneros eut bel et bien son aventure tauromachique, et non pas adolescent, mais archevêque et tout le reste. Une course était donnée en l'honneur du roi Philippe, sur une place publique. On lâcha le taureau trop tôt, et l'archevêque se trouva nez à nez avec lui. Il fut, comme il fallait s'y attendre, très ferme. Les gardes écartèrent la bête. Cisneros eut un mot aimable : « Il n'y a rien à craindre quand les gardes du roi sont là » (dans Alvar Gomez).

(Les deux pourpres qu'évoque le titre de cette note sont la pourpre cardinalice et la pourpre de la *muleta* du matador. C'est ce qu'on appelle une élégance littéraire.)

RÉFÉRENCES HISTORIQUES

Aujourd'hui, où le sérieux est souvent un objet de dérision, je sens bien que je me fais quelque tort en donnant ces références. Il sera tentant de dire que la chronique m'a tout fourni, et qu'il est aisé de faire des pièces de cette façon : le génie, le crâne qui fume, ce n'est pas cela! Mais il y a dans la réalité quelque chose de tellement plus fort que dans toute fiction, que je n'ai pu me retenir de me rapporter à elle, et de l'invoquer, fût-ce à mon préjudice.

Un Racine, par exemple, s'appuie presque sans relâche sur l'histoire : un de ses vers, sur quatre ou cinq, est de source livresque. Ce qui ne l'empêche pas d'insérer à côté le fruit qu'il a recueilli dans la vie.

J'allais ajouter : les personnes qui trouvent que mes notes alourdissent n'ont qu'à ne pas les lire. Mais non, je crois qu'il est nécessaire de les lire, pour bien comprendre la pièce.

ACTE PREMIER

Page 14.

Le siège du gouvernement avait été fixé par Cisneros à Madrid en 1516.

Page 18.

« Ceci me suffit pour mater les superbes. » Historique.

Page 23.

« Le courage et le savoir. » Rôle intellectuel de Cisneros. — Le mouvement de cette pièce ne me permettait pas d'y tracer un portrait complet de Cisneros. Le parti que j'y ai pris, et les notes et références qui justifient ce parti, aboutissent à donner du cardinal une idée unilatérale : il apparaît surtout comme un homme autoritaire et dur, et quasiment comme cela seul, ce qui est le trahir, et le rapetisser. C'est pourquoi j'ai jugé honnête, à l'égard de sa mémoire, de rectifier ici cette impression par un très court résumé de son rôle en tant que clerc — je n'ose dire : en tant qu'humaniste, — résumé que j'emprunte à un livre paru il y a peu : « Il fonde l'Université d'Alcala, qu'il peuple de sept mille étudiants et qui sera bientôt la première du royaume; il fait recueillir et classer tous les manuscrits arabes de Grenade qui traitent de science et d'histoire — après avoir fait brûler, il est vrai, comme subversives ou futiles, les œuvres des philosophes et des poètes —; il répand l'usage de l'imprimerie, encore tardif en Espagne; il collabore lui-même à l'édition de la fameuse Bible polyglotte d'Alcala, *la Complutense*, œuvre capitale devant laquelle avait reculé la Sorbonne, et qui servira de modèle à Paris, à Heidelberg, à Bologne; il publie en grec, devançant Érasme, les Évangiles et l'Apocalypse; il codifie enfin, en y mettant lui-même la main, le droit ecclésiastique » (François Piétri, *L'Espagne du Siècle d'or*).

Page 24.

« Il a commencé en se montrant impitoyable », etc. Marsollier écrit : « Il était fier, ambitieux, vindicatif, trop attaché à son sens, et d'une mélancolie si profonde qu'il en était souvent à charge à lui-même et aux autres » (*Histoire du Ministère du cardinal Ximenez*, Toulouse, 1693).

Page 25.

« Autant de pègre en moins. » Historique. Il s'agit de la défaite de Gelvès, en Afrique du Nord. Les Espagnols y perdaient mille hommes tués sur place, et quatre mille abandonnés à l'ennemi quand la flotte se retira. Si peu cher qu'ils valussent, ces hommes étaient des âmes, et la phrase à mes oreilles ne sonne pas chrétien.

Page 29.

Cisneros continua de porter l'habit franciscain, orné seulement de la croix pectorale, pendant les six mois qui suivirent sa nomination à l'archevêché de Tolède, jusqu'à ce que le pape lui ordonnât de « faire comme tout le monde ». C'était en 1495. Je lui prête cet habit, dans le privé en 1517, par licence dramatique. L'académicien espagnol J. M. Peman, auteur d'une pièce sur Cisneros, montre, par une même licence, Cisneros vêtu en franciscain en 1508, étant déjà cardinal.

Page 31.

« J'ai supprimé les pensions des grands », etc. Je mets dans la bouche de Cisneros une intention qui lui est prêtée par un chroniqueur espagnol de l'époque, que cite Fléchier, *Vie de Ximenez,* Paris, 1693. Intention admirable.

Page 31.

La chronique fait dire au cardinal : « Il suffit qu'on me demande quelque chose pour que je ne l'accorde pas. »

Page 32.

« Feignez de n'avoir pas été insulté. C'est un exercice que je connais bien. » Dans un manuscrit d'un contemporain de Cisneros, cité par Lopez de Toro, p. 86, *op. cit.,* l'auteur, après avoir observé que Cisneros était « très patient pour supporter les injures », énumère curieusement huit affronts qu'il eut à subir. Quiconque a lu ses biographes en connaît bien d'autres.

Page 33.

Avec *Le Cardinal d'Espagne* je n'ai cessé de voir l'art inventer, sans le savoir, ce qui avait eu lieu dans la vie : cela paraît ailleurs deux fois dans ces notes. Relisant Hefelé, un an après que *Le Cardinal* eut été terminé, j'y trouve (*Le Cardinal Ximenez,* trad. fr., Paris, 1856, p. 429) l'anecdote suivante, qui n'avait nullement retenu mon attention à la première lecture. Le cardinal a un neveu, Villarroel, gouverneur de Cazorla, qui est assez incapable et assez lâche : au siège d'Oran, il n'a montré « ni courage ni habileté », ayant pris la fuite à l'approche des cavaliers maures qu'il devait repousser des portes d'Oran. Plus tard, à Cazorla, à la suite d'une discussion avec un de ses subordonnés, il le menace de sa vengeance. Le subordonné est assassiné la nuit suivante. Les soupçons se portent sur Villarroel, le cardinal le fait emprisonner avant même que soit arrivé le commissaire chargé de faire l'enquête. Villarroel prouve son innocence. Le cardinal, cependant, ne veut plus jamais le revoir

Ce neveu plutôt médiocre et lâche, sinon devant les pourpoints, du moins devant les armures, et cet oncle qui montre une âpreté *particulière* contre son neveu, n'est-ce pas déjà une ébauche des relations Cardona-Cisneros dans ma pièce ?

Page 34.

Disgrâce de Gonzalve de Cordoue. — Quand son neveu Priego doit rendre tous ses châteaux au roi Ferdinand, Gonzalve en fait donner le catalogue à celui-ci avec ces paroles : « Seigneur, voici le fruit des services de nos aïeux. Car nous n'osons prier Votre Altesse de prendre en considération les services des vivants » (Hefelé, *op. cit.*, p. 398). Lorsqu'on parle au prince sur ce ton, il ne faut pas s'étonner d'être confiné dans ses terres. Chacun creuse sa tombe.

Page 37.

Toute cette anecdote du chapelain se trouve, à peu près telle que je la présente, dans le contemporain Alvar Gomez de Castro, *De rebus gest. Xim. lib.*, 7.

Page 40.

« Être insulté m'amuse. » Il méprise les libelles, dont il ne veut pas qu'on recherche les auteurs, disant « que lorsqu'on est élevé en dignité, et qu'on n'a rien à se reprocher, on doit laisser aux inférieurs cette misérable consolation de venger leurs chagrins par des paroles ». Fléchier, II, 664, paraissant traduire Alvar Gomez.

Page 42.

« Je ne dors pas la nuit », etc. Cette parole est de Richelieu.

Page 42.

« La cornée de vos yeux est jaune. » — « Il était bilieux », dit le contemporain Moringo, cité par Lopez de Toro, *op. cit.*, p. 31.

Page 46.

Cisneros, ayant fait jeter Pedro Velez en prison, explique : « C'est mon parent, il faut le châtier plus sévèrement. »

Après avoir montré longuement la véritable et abondante charité de Cisneros pour tous (que je nuance cependant ainsi qu'indiqué plus haut), Fléchier écrit (II, p. 785) : « Ses parents ne profitèrent pas du bien des pauvres : il se contenta de les tenir dans la décence de leur état, sans vouloir leur acquérir des dignités.[...] Ce ne fut point son neveu qu'il institua son héritier, mais l'Université d'Alcala. Il avait fondé douze églises magnifiques, sans laisser à aucun de ses parents ni patronat, ni chapelle, ni droit de sépulture particulière. Dans le temps de sa régence, il donna le titre de comte à quelques gentilshommes; il ne le donna pas à son neveu. Il demanda aux rois catholiques des grâces pour plusieurs personnes; il n'employa jamais son crédit pour ses parents. »

Page 47.

Cisneros se qualifie d' « insolent-né ». « La conduite de Cisneros était insolite, particulièrement aux yeux des étrangers, qui préféraient la nommer *insolente,* ce qui, étymologiquement, revient au même » (Lopez de Toro, *op. cit.,* p. 31).

Page 48.

Cisneros a auprès de lui un nain, un bouffon, qui lui dit ses « vérités ». Et même, alors que ses legs testamentaires vont tous à des fondations de culture ou de charité, ses parents en étant exclus, il y a une exception pour ce bouffon, à qui est fait un legs particulier.

Ainsi cet homme austère, si roide pour ses ennemis, et qui ne peut pas même supporter d'entendre une comédie jouée par des étudiants, ainsi ce moine, ce « spirituel » supporte et aime à ses côtés un personnage repoussant, et de qui les saillies devaient être ineptes, si j'en juge par celles que la chronique prête à ses semblables. Et voici ce que j'en pense :

1º Le fait de choisir, en vue d'un contact quotidien et préférentiel, un individu monstrueux, me semble offensant pour je ne sais quelle idée divine, supposé qu'il y ait une idée divine, mais un cardinal doit le supposer. Cela prouve, en outre, du mépris pour la créature humaine;

2º Le fait de déléguer à un être unique le pouvoir de dire la vérité prouve qu'on refuse ce pouvoir à tous les autres. Le bouffon représentait l'opposition contrôlée : « Vous ne pourrez pas dire que je ne suis pas libéral ! » L'opposant contrôlé s'en donne : il est sans importance; si l'homme avait de l'importance, on l'arrêterait pour beaucoup moins. L'opposant contrôlé, quand on en a assez, on lui ferme la bouche avec une décoration.

3° Le fait de déléguer à un tiers le pouvoir de vous faire rire prouve qu'on n'a pas en soi-même ce pouvoir, ce qui est défaut d'intelligence;

4° Enfin, et par-dessus tout, pourquoi Cisneros a-t-il un bouffon? Parce que c'est la mode. Le cardinal d'Espagne, qui se refuse à suivre la coutume (prendre le train de vie d'un prélat), accepte de suivre la mode! Or, suivre la coutume est défendable, suivre la mode ne l'est pas. Suivre la mode, dans le plus petit comme dans le plus grand, c'est toujours abandonner son jugement propre pour suivre celui du grand nombre : c'est donc, toujours, lâcheté. A cause de cela, la mode, même lorsqu'elle favorise quelque chose ou quelqu'un de louable, a toujours un caractère satanique : j'emploie ce mot puisque nous sommes dans un « climat » chrétien. Que Cisneros suive la mode, fût-ce sur un seul point, je trouve cela aussi grave contre lui que tel fait qu'on a opposé pour refuser sa béatification.

Je m'excuse, ou plutôt je ne m'excuse pas, de m'être permis cette dissertation si en marge d'une pièce de théâtre. Mais, surtout dans la question de la mode, elle éclaire notre héros d'un jour qu'il m'était impossible de voiler.

Page 48.

La liberté de ton de Cardona avec son grand-oncle est celle d'un peuple plus franc, plus direct, plus spontané et plus rude que les Français, et celle de l'époque. Le simple prédicateur Contreras, prêchant en chaire, reproche au cardinal — présent — de porter une robe fourrée de riches peaux. D. Rodrigo Giron prend congé de Cisneros; celui-ci ôte à peine son chapeau; D. Rodrigo se tourne vers les domestiques du cardinal, et leur demande si leur maître a la teigne. Le mot qu'à l'acte III je prête à l'archevêque de Grenade : « Il n'est plus temps pour vous de donner des ordres aujourd'hui » est historique. Le général des franciscains dit à la reine Isabelle qu'elle n'est que poussière. Etc.

ACTE DEUXIÈME

Page 55.

On peut rappeler, en tête de cet acte, le dicton espagnol :

> *La locura es la mitad*
> *De la razon española.*
> La folie est la moitié
> De la raison espagnole.

Page 55.

Le château de la reine était à Tordesillas. Je l'ai situé à Madrid pour pouvoir comprimer l'action en trois journées.

Page 55.

« Sa Majesté ». Jeanne et Charles, tout roi et reine qu'ils étaient, étaient appelés *Su Alteza*. J'ai fait dire *Sa Majesté* pour échapper aux observations que m'auraient faites les Français.

Page 56.

« Soudain, sur elle, il passe un reflet de royauté. » Pierre Martyr écrit (lettre du 5 juillet 1507) : « Notre Souveraine a beaucoup de talent et de mémoire. Elle pénètre avec finesse ce qui est du ressort non seulement d'une femme, mais d'un homme supérieur. » C'était, il est vrai, dix ans avant le moment de notre pièce.

Page 58.

« Un chat en rut », etc. *Un gato de algalia*. Lettre du confesseur de la reine, publiée par Rodriguez Villa, *Juana la loca,* p. 392. Madrid, 1892.

Page 58.

« Mes mains couvertes d'égratignures. » – Historique.

Page 60.

« J'aimais l'oubli et l'abandon où j'étais. » « Contente dans sa solitude saturnienne (mélancolique) », écrit Pierre Martyr, lettre du 30 mars 1509.

Page 61.

C'est une demoiselle de la cour des Flandres, qu'elle soupçonnait d'avoir folâtré avec son mari, que la reine Jeanne blessa d'un coup de couteau (lettre de Pierre Martyr, du 10 avril 1504). Les mots « plus ordurière que ta mère » sont l'adaptation au goût français du national *la puta de tu madre!* qui dut sans nul doute en cette circonstance être prononcé par la reine, laquelle aimait d'insulter, et d'insulter vertement (la reine Isabelle, sa mère, effarée par sa grossièreté, dans l'épisode célèbre du château de la Mota). En 1518 encore (un an après l'année où se passe ma pièce) elle frappe les dames de la cour. Cf. Pfandl, *Jeanne la Folle.*

Page 66.

L'anneau et le saphir. — L'abbé Lopez de Toro ne pense pas que Cisneros, franciscain, et franciscain austère, portait l'anneau. L'abbé Cognet m'écrit : « Le port de l'anneau par les évêques est communément attesté dès le VIe siècle. Le fait qu'ils appartiennent à un ordre religieux n'a aucune importance. A remarquer que Cisneros, étant cardinal, portait l'anneau cardinalice, orné d'un saphir. »

Page 67.

«[...] parce que, quand je parle, je ne peux plus cacher que je suis folle. » J'avais écrit cette phrase, sans savoir si la reine reconnaissait ou non sa folie, quand j'ai lu qu'elle avait dit : « Ne me parlez pas désormais, car je ne veux pas vous entendre parce que j'ai la tête qui ne va pas » (J. M. Doussinague, *Fernando el Catolico y Germana de Foix*, Madrid, 1944, p. 76).

Page 68.

Sur l'orgueil de Jeanne et sa pointillerie touchant l'étiquette, cf. Pfandl, p. 60.

Page 75.

La formule « Dieu est le rien » est courante dans Maître Eckhart, introduit en Espagne dès le début du XVIe siècle, et répandu surtout dans le milieu des suspects *alumbrados*. Or, Cisneros a été soupçonné lui-même de sympathie pour les *alumbrados,* c'est pour cela qu'il sursaute.

Page 76.

Pour justifier le ton sur lequel la reine parle au cardinal, voir ses insultes à l'évêque D. Juan de Fonseca. Pfandl, d'après Pierre Martyr, et aussi Doussinague, p. 83.

Page 76.

« Je parle au Cardinal d'Espagne », etc. La parole qui m'a inspiré celle-ci est : « Je parle à la reine Isabelle de Castille, qui est poussière et cendre comme moi. » Elle ne fut pas dite à la reine par Cisneros, mais, tout au contraire, par le frère Gil Delfini, Italien, général de l'ordre des franciscains, qui venait de Rome requérir contre lui, quand Cisneros voulut réformer son ordre en Espagne. Cette réplique (que les Français d'aujourd'hui jugeront sûrement « emphatique ») est qualifiée par tous les biographes espagnols de Cisneros de « grossière », « insolente », etc. Prononcée par Cisneros, ils la jugeraient « d'une indépendance et d'un courage admirables », ce qu'elle est en effet. Ainsi vont les choses.

Page 76.

« Madame, le frère Hernando de Talavera », etc. — La parole du frère Hernando est historique.

Page 78.

« Je crois tous les articles de la foi, Monseigneur », etc. — Je me suis inspiré pour ce mouvement de la lettre où saint François de Borgia (Rodriguez Villa, *Bosquejo biográfico de la reina Juana*) raconte que la reine, dans les derniers jours de sa vie, lui dit que ce sont ses duègnes qui retirent les objets saints, et où Borgia répond que s'il en est ainsi elles seront livrées à l'Inquisition. « Il mit en avant à dessein, écrit Gachard, le mot d'Inquisition, sachant que le Saint-Office inspirait une grande crainte à la reine »

(*Bulletin de l'Académie royale des sciences, lettres et beaux-arts de Belgique*, t. XXIX, p. 297 et 299). Aussitôt la reine dit qu'elle croyait les articles de la foi et était prête à se confesser et à communier. Borgia lui envoie pour la surveiller un frère dont on fait croire à la reine qu'il est envoyé par l'Inquisition. Le saint va jusqu'à dire à Jeanne qu'elle pourrait bien avoir encouru l'excommunication (lettre de Borgia dans R. Villa, *Bosquejo*, p. 301). On devine l'effet de ces procédés sur une pauvre vieille à l'article de la mort. Quand j'avais lu jadis sur la « conversion » *in extremis* de la reine par saint François de Borgia, cette conversion m'avait paru dénuée de toute importance. Les lettres de Borgia, lues plus tard, et la remarque de Gachard, fondèrent ce sentiment au-delà de ce que j'attendais.

Si, du temps de Cisneros, Jeanne fait encore quelques concessions à la religion, et assiste parfois à la messe, « ce qui est certain, c'est que, quelques années plus tard, lors de sa seconde captivité [après la révolte des *comuneros*], elle fut intraitable sur le chapitre de la religion, et protesta qu'on lui avait fait violence [en la forçant à des actes de piété]. Elle alla un jour jusqu'à arracher sa fille Catalina de l'autel où elle priait (25 janvier 1522), et les scènes de ce genre se renouvelèrent si bien que son gouverneur, Denia, finit par demander à Charles, « bien que ce soit chose grave pour celui qui la subit », l'autorisation de lui donner la *premia*, euphémisme qui désigne, s'il faut en croire les lexicographes espagnols, « les moyens violents employés par le juge pour obtenir des aveux » (Hillbrand, « Une énigme de l'Histoire », *La Revue des Deux Mondes*, 1er juin 1869).

Un érudit allemand du XIXe siècle, Bergenroth, a consacré un livre à soutenir que Jeanne était hérétique, et préfigurait le calvinisme. Prise à la lettre, cette thèse ne peut être suivie. En fait, Jeanne était un *esprit libre,* ce qui paraît stupéfiant dans l'Espagne du XVIe siècle, où le catholicisme n'était pas seulement une confession mais une obsession. A cette époque, le catholicisme avait des ennemis en Espagne dans les tenants d'une foi différente, les Maures, les Juifs, mais, des catholiques avec une foi vague, je n'en connais pas d'autre exemple qu'elle. Comme elle avait la tête faible, il est hors de doute que cet *esprit libre* était chargé par ailleurs de lourdes chaînes, mais il existait, et il est une des raisons pour lesquelles, Jeanne eût-elle voulu gouverner, et en eût-elle été capable, on ne lui eût pas permis de le faire. Sa seule révolte devant l'Inquisition, révolte qu'elle aurait manifestée avant d'avoir dix-sept ans (Hillbrand, d'après Bergenroth), suffirait à expliquer son emprisonnement à vie (ou presque). Gouvernant, elle eût ébranlé l'Inquisition, qui paraît bien avoir eu un objet plus encore politique que religieux : elle eût ébranlé à la fois le trône et l'autel. Confinée pendant quarante-six ans dans le château de Tordesillas, elle le fut mi par goût personnel mi par force dans les premières années, mais ensuite elle y fut proprement séquestrée, tour à tour par son père le roi Ferdinand, par Cisneros, et par son fils Charles Quint. Les historiens sont aujourd'hui unanimes là-dessus.

Jeanne, « esprit libre », était-elle en même temps – et Cisneros le sentait-il bien ? – « profondément chrétienne » ? Qu'est-ce à dire ? Ceci. En 1935, je donnai pour épigraphe à *Service inutile* une parole de Mgr Darboy, si importante à mes yeux que je regrettai toujours de n'en avoir pas noté la source, et le regrettai surtout en écrivant *Le Cardinal d'Espagne,* puisque cette parole exprime cela même qu'exprime la reine Jeanne dans ma pièce. Or, j'ai retrouvé cette source. Voici ce que dit Unamuno, dans *L'Agonie du christianisme,* p. 140 de la traduction française : « Pourquoi fut-il (H. Loyson, ex-Père Hyacinthe) scandalisé de ce jugement profondément chrétien que prononça à son endroit Mgr Darboy : " Votre erreur est de croire que l'homme a quelque chose à faire en cette vie " ? Et le pauvre Père ajoutait dans son journal : " Ce scepticisme m'a rempli l'âme d'amertume et de doutes. " Scepticisme ? Sagesse chrétienne. Et qui le remplit de doutes ! »

Mgr Jobit, directeur des Études hispaniques à l'Institut Catholique de Paris, qui a lu le manuscrit du *Cardinal d'Espagne,* me rappelle à ce propos le passage de saint Luc (XVII, 10) : « Nous sommes des serviteurs inutiles. » Mais cette leçon, qui est celle de la Vulgate, a dans son contexte un sens peu clair ou du moins qui m'échappe. Tandis que la leçon du texte grec : « Nous sommes de pauvres serviteurs » a dans son contexte un sens clair. Ces deux leçons ne sont pas équivalentes, parce que *pauvreté* et *inutilité* ne sont pas des idées équivalentes. Quoi qu'il en soit, je ne crois pas que les mots traduits de la Vulgate puissent intervenir pour justifier du point de vue catholique la parole de Mgr Darboy, qui doit avoir sa justification ailleurs, si elle en a une.

D'autre part, l'auteur de *Service inutile* se demande si, en 1935, il songeait à ce passage de la Vulgate en donnant ce titre à son livre. Il est probable que non.

Page 80.

« C'est le royaume qui est la mort. » « Haïssant le nom de royaume comme s'il était la mort » (Rodriguez Villa, *Juana*, p. 279, d'après « un ancien manuscrit »).

Page 84.

« J'ai fait servir Dieu à la terre. » Cisneros écrit, l'été 1516 : « Il convient à son royal service [de Charles] que le pouvoir temporel soit appuyé du pouvoir spirituel » (*Biblioteca de autores españoles. Epistolario español*, t. II, p. 249).

Page 86.

La parole que prononce Jeanne : « Laissez-moi sortir de ce songe que vous êtes et qu'est tout ce que vous représentez » fut écrite par moi avant que je connusse la parole que la reine dit à un évêque : « Évêque, il me semble que tout ce que je vois et entends est un songe » (Rodriguez Villa, *Juana*, p. 303), en 1520, quand les *comuneros* envahirent son château, et voulurent lui faire signer un acte par lequel elle reconnaîtrait qu'elle avait été injustement incarcérée et dépossédée, et recouvrerait ainsi sa liberté et son droit de gouverner réellement (ou plutôt dans les mains des *comuneros*). Elle refusa de donner cette signature, malgré mauvais traitements et menaces, faits à elle et à sa petite fille, sans doute par son obstination habituelle à refuser de signer quoi que ce soit, mais non sans un réel courage dans des circonstances qui étaient dramatiques et dans le délabrement physique et mental où elle était : Jeanne ne savait pas vouloir, mais elle savait ne pas plier devant la volonté d'autrui. Cette parole de 1520 ne marquait que la singularité desdites circonstances, et ce serait la « solliciter » que lui donner un sens plus large, un sens métaphysique, celui qu'on prête à la pièce célèbre de Calderon, ou bien le sens que j'ai donné à la réplique où je fais dire à Cisneros que, par son « mépris sans borne de la réalité », la reine apporte peut-être au monde « l'essentiel de ce que peut lui apporter l'Espagne ».

Et cependant il est bien vrai que la parole prononcée en 1520 va plus loin que l'anecdote qui la provoqua. Il est bien vrai que Jeanne renia l'univers entier, non seulement le réel, qu'elle méprisait, mais l'irréel (Dieu) auquel elle ne croyait guère ou ne croyait pas du tout; il n'y avait d'existant à ses yeux qu'un seul point du réel : son amour pour son mari, ou peut-être, si l'on en croit certains auteurs, le lien charnel qui l'avait unie à son mari.

> *J'aimais, je soupirais dans une paix profonde.*
> *Un autre était chargé de l'empire du monde.*

L'amour est vraiment l'unique soleil qui éclaire cet univers dénudé. Et, cela en quoi elle se pelotonne, ce n'est pas l'amour qu'elle a reçu, car elle n'en a pas reçu (elle a reçu du plaisir), c'est celui qu'elle a donné. Par là Jeanne proclame ce que, depuis plus de quarante ans, je ne cesse de répéter dans mes livres, et jusqu'au rabâchage : *que le grand événement de la vie est d'aimer* (non pas d'être aimé). Cet amour allant de l'amour vénal jusqu'à sa forme la plus éthérée, parce que toutes ces formes ont quelque chose de commun : l'attrait de l'être pour l'être, et c'est lui qui est le grand événement de la condition humaine. Arrivé à un âge où l'on est en vue des Portes des Ténèbres — chaque jour, un peu plus proches, on en distingue le détail un peu mieux, — quand je me retourne je ne dis pas : « Voici ce que j'ai fait, voici mes œuvres », mais : « Voici ceux que j'ai aimés, et voici ceux que j'aime encore »; les œuvres sont bien secondaires. Et tout le reste est bien secondaire.

Comme je l'ai dit, j'écrivais simultanément, du moins l'été de 1957, *Le Cardinal d'Espagne* et *Don Juan*. Or, en traçant le portrait de Juana, et celui de Juan, je faisais un peu le même portrait. « Quoi! qu'y a-t-il de comparable entre cette femme éperdument fidèle à un seul être, et le libertinage de Don Juan? Quoi de commun entre celle qui est la Fidélité (sensuelle, elle pourrait se remarier, le roi d'Angleterre demande sa main; elle refuse) et celui qui est l'Infidélité? » Mais Don Juan veut connaître toutes les femmes, et ne peut penser qu'à cela. Jeanne a connu un seul homme, et ne peut penser qu'à cela. Tous deux répètent qu'autour de « cela », c'est la nuit. Ils ont leur idée fixe, qui est leur absolu. Leur absolu, c'est la vie privée, autre nom de cet « amour » que j'évoquais plus haut.

Car il n'y a pas que l'amour pour l'époux ou pour l'amant. Je me souviens de cette jeune femme qui, en 1936 ou 37, dans un square parisien, tandis que défilaient à quelques mètres d'elle de bruyants cortèges politiques, tricotait les yeux baissés, sans les lever que pour s'assurer, de temps en temps, si sa petite fille, qui jouait non loin de là, ne faisait pas de bêtises. Nous avons revu cela, sous des formes diverses, à chacune des heures d'angoisse que la France a vécues depuis cette époque. Le monde de la mère avec son fils, de la femme avec son mari ou son ami, est un monde clos, hermétiquement fermé au dehors, analogue au monde fermé où l'enfant vit avec soi seul. L'absolu de toutes les femmes est la vie privée, et laquelle d'entre elles ne s'est pas écriée à de certaines heures, pressée de tous côtés par des « autres » difficiles ou hostiles : « Qu'est-ce que j'aurais, si je n'avais pas ma vie privée ? » Admirable est le pouvoir qu'elles ont de s'abstraire en elle, de ne s'occuper que de ce qu'elles connaissent, et non de ce qu'elles ne connaissent pas. J'écrivais dans *Service inutile,* en 1935, c'est-à-dire en une année où déjà l'Europe s'agitait fort, et notamment à nos frontières : « Il faut infiniment mieux s'occuper en connaissance de cause des réalités humaines qu'on rencontre dans sa vie privée, réalités tangibles, dignes le plus souvent de secours et d'amour, et sur lesquelles on peut agir à coup sûr que des sublimes fariboles pour lesquelles nous voyons aujourd'hui quelques jeunesses d'Europe si curieusement enflammées. Il vaut mieux se tuer à la peine, pour rendre heureuse sa femme, et honnêtes ses enfants, que se faire tuer pour quelque mythe absurde, construit de toutes pièces par la malice d'un ambitieux ou la rêverie d'un exalté. » Jeanne, qu'on dit et qui se dit sans volonté, mais qui emploie une volonté extraordinaire à refuser de s'occuper de pas une affaire spirituelle ou temporelle, et à se confiner dans le souvenir de son foyer, Jeanne ne pense guère d'autre façon (en particulier lorsqu'elle rejette le « mythe absurde » qu'impliquent des conquêtes telles que celles qui lui sont offertes par Gonzalve et Colomb). Elle est « folle », ou du moins bizarre ? Oui, parce qu'elle pousse son principe à l'excès, parce que, sans considération pour quoi que ce soit, elle le pousse jusqu'à l'absolu (mon Don Juan lui aussi était à demi fou, pour le même motif), et parce que, étant reine, il lui est possible concrètement de le faire. Mais, son principe, c'est la raison féminine. Une pièce espagnole du XIXe siècle, qui lui est consacrée, est intitulée *Locura de amor, Folie d'amour.* Pourquoi pas : *Raison d'amour?* Je ne sais pas si Jeanne était « profondément chrétienne ». Mais ce qui m'apparaît assez certain, c'est que sa « folie d'amour » a d'abord été raison. Je veux dire : la folie de la reine Jeanne était au départ la raison tout court.

Page 86.

Pour la demi-danse de Jeanne, je me suis souvenu de la phrase de Pfandl, p. 67 : « Elle fait des pas en chantonnant à mi-voix. »

Page 86.

Le « Il est fou! » de Jeanne n'est pas un *mot d'auteur.* Je trouve dans Santamarina (*Cisneros,* Madrid, 1933, p. 146) que, à la mort du roi Philippe, Cisneros chercha à faire reconnaître l'incapacité de Jeanne. Jeanne, elle, *decia del fraile que era loco,* « disait que le frère était fou ».

Page 87.

Les deux anecdotes des yeux fermés et des linges bénits sont dans une lettre de François de Borgia au prince Philippe (Philippe II) du 17 mai 1554, publiée dans Rodriguez Villa, *Juana,* p. 393. Les méthodes employées pour vérifier les prétendus délits de la reine ne sont pas imputables à un imaginaire frère Diego, mais au saint.

ACTE TROISIÈME

Page 101.

« Comment je dois m'y prendre pour berner », etc. J'ai écrit cela en pensant au Père Joseph. Cisneros avait une droiture de caractère qui ne s'accorde pas avec ces paroles. Ce sont les compromissions du théâtre. (Un Espagnol me dit : « Il était naïf. » Je pense que naïveté et droiture peuvent quelquefois donner la même impression, et quelquefois être la même chose.)

Page 102.

Montrer qu'on a un cilice, n'est-ce pas un peu déplaisant ? Je n'ai pas inventé ce trait. Quand le P. Contreras reproche à Cisneros de porter des fourrures, Cisneros lui fait voir son cilice. Il eût dû laisser croire qu'il n'avait que des fourrures : c'était cela l'héroïsme.

Page 103.

Sérieux de Cisneros. — J'ai trouvé qu'il « n'aimait pas la musique dans les églises, qu'il disait plus propre pour les théâtres que pour les temples, et qu'il n'aimait pas les églises trop éclairées » (Fléchier, II, p. 763, d'après Robles). Ces deux traits lui sont communs avec les jansénistes. Il y a une parole de la mère Agnès sur les églises trop éclairées.

Janséniste aussi son aversion pour les spectacles. Convié à une séance théâtrale d'étudiants, à l'Université d'Alcala, d'abord il se fait beaucoup prier, enfin y va, s'assied à sa place, demande ce qu'est cette pièce. On lui dit que c'est une pièce comique, dont l'auteur est le Grand Abbé de l'Université, et qui va lui faire passer deux heures agréablement. Il se lève et s'en va en disant : « Les théologiens s'occupent-ils à ces bagatelles ? Pour moi, je n'ai pas de temps à perdre. » (Fléchier, II, p. 824, d'après F. de Pulgar). Nous voilà loin des cardinaux qui organisent ou soutiennent des cabales de théâtre.

Il y a un autre épisode du même ordre, très caractéristique. Cisneros se déplaçant, une vieille dame, son ancienne pénitente, lui fait dire qu'elle lui offre une hospitalité de passage dans son château, mais, comme l'horreur du cardinal pour le futile est bien connue, elle a soin d'avertir qu'elle sera absente. Cisneros s'arrête donc un soir au château... et la première personne qui vient à sa rencontre est la dame, minaudant, toute fière de son subterfuge. Cisneros, à l'instant, sort du château et reprend sa route.

J'ai recueilli ces deux scènes parce qu'elles montrent toutes deux un homme qui a une idée abrupte du monde, et qui n'accepte pas qu'on y contrevienne. Si un théologien écrit des comédies, si une rombière se moque de vous, fût-ce d'une façon qu'elle croit charmante, ils sont exclus brutalement de cet univers, sans égard aucun à leur qualité ni aux « usages » : cela éclate, c'est irrésistible. Cet homme de l'absolu, la société l'appellerait un goujat, n'était le fameux cordon, qui fait passer bien des choses (quoique non pas, nous l'avons vu, jusqu'à la béatification).

Page 104.

A El Barco de Avila, une « béate » prophétise, s'entretient avec Jésus, commet mille extravagances (Pierre Martyr, lettre du 6 octobre 1509), et inquiète assez les autorités ecclésiastiques pour que le pape délègue une commission qui l'interrogera et statuera sur son cas. Cisneros prend nettement le parti de la béate. Voilà qui est significatif de la sympathie qu'il avait pour ce que ses supérieurs appelaient « les spiritualités outrées ». Ce goût attirait à lui, dit Fléchier, « les âmes dévotes et spirituelles à qui Dieu se communiquait par des voies extraordinaires » (*op. cit.*, liv. VI). [Toutefois, je me demande si, en prenant parti pour la béate d'El Barco, il ne prenait pas parti, surtout, pour l'Espagne contre Rome.]

Mieux encore, se trouvant à Gibraltar, au début de sa carrière, il a été consulter une villageoise simple d'esprit et « illuminée », une autre béate, pour savoir d'elle s'il devait aller chercher le martyre en Afrique, ou continuer sa mission en Espagne, et il s'est décidé d'après sa réponse. Il faut le dire, fût-ce un peu cavalièrement, notre cardinal avait du goût pour les folles. Je ne me suis peut-être permis de faire peser et influer sur ce « réaliste » la demi-folle Jeanne, que parce qu'il est notoire qu'avait pesé et influé sur lui la demi-folle de Gibraltar.

Page 104.

Fléchier (II, 782), paraphrasant Fernandez de Pulgar, parle de « sa douleur sensible lorsqu'il était détourné [de la contemplation des choses célestes] par les soins du gouvernement des affaires séculières ».

Comme Cisneros, un autre franciscain, le Père Joseph, de qui la vie spirituelle dégénéra, par l'effet de la politique, s'en aperçut dans ses derniers temps et s'en plaignit.

Page 104.

Ruiz, évêque d'Avila, ami de jeunesse de Cisneros, et peut-être de tout temps son seul ami (ce qui ne l'empêchera pas, quinze jours avant la mort du cardinal, de ne s'occuper dans ses lettres à la cour que de ses intérêts personnels, tout comme Varacaldo, qui s'occupe encore d'eux dans une lettre écrite pendant l'agonie), Ruiz écrira avec force, en un sens voisin : « Je désire tester afin de laisser ce que j'ai recueilli à Dieu et non au démon, une fois que Dieu aura été servi » (*Cartas de los secretarios del cardenal,* Madrid, 1875).

Ruiz et Varacaldo s'occupent de leurs places tandis que le cardinal est à la mort. Varacaldo le trahit pendant qu'il meurt, mais en même temps ne cesse pas de lui demander des services : voilà qui est très humain. La chronique rapporte aussi un trait que je n'ai pas utilisé dans ma pièce, mais qui me touche beaucoup. Alors que Cisneros agonise, un quidam se faufile jusqu'à sa chambre et lui présente une requête. « C'est le moment de mourir, et non de répondre aux requêtes », dit le cardinal. J'aime cette parole sans prétention, sa simplicité et son bon sens, si castillane de surcroît par cette simplicité et sa franchise rude. Voilà qui nous change des poses sublimes de la dernière heure. Et je songe encore, l'agrandissant, qu'elle devrait être la parole de tous les hommes qui ont dépassé la soixantaine, quand on les invite à quelque niaiserie de la parade ou de l'action : « C'est le moment de mourir, et non de faire le singe avec vous. »

Page 103.

Cisneros pouvait, juridiquement, déférer la reine au Saint-Office. Le pouvait-il dans le concret ? C'est cela l'objet de sa rêverie.

Page 104.

Cisneros, touchant à sa fin, songe au monastère de Yuste pour y prendre sa dernière retraite (historique). Trente-neuf ans plus tard, Charles Quint, son tueur, se démettra du pouvoir pour prendre sa dernière retraite à Yuste.

Page 108.

Si l'on me demandait quel moment de cette pièce me

paraît le plus tragique, je dirais que c'est celui où Cardona présente à Cisneros la tentation de retrouver Dieu en détruisant son œuvre politique, et où le vieillard, qui a tant aimé son œuvre, est tenté puisqu'il demande : « La détruire comment? » Celle-là est la « grande tentation », plus encore que la retraite, que je désignais jadis par ces deux mots *(Service inutile)*.

Mais, au fond, cela n'est pas si tragique. Qu'est-ce qui est tragique quand on trouve Dieu?

Un artiste peut détruire son œuvre, avant de mourir, pour montrer, en anéantissant ce qui a été sa valeur et son effort pendant un demi-siècle, que toutes les affaires de ce monde sont une dérision; pour montrer à quel point il se fout de cette gloigloire à quoi il faisait semblant d'être attaché. (Il peut détruire son œuvre soit en la détruisant matériellement, en totalité ou en partie [tableaux, manuscrits inédits], soit en la mettant par testament dans des mains dont il sait qu'elles ne pourront que la laisser aller à vau-l'eau.)

D'un autre point de vue, un artiste peut faire cela pour dire oui à la mort, en doublant d'un acte libre la nécessité. Sa mort naturelle devient aussi un suicide, avec toute la haute valeur humaine du suicide.

Oui, vraiment, la grande tentation.

Page 112.

La comparaison avec la levrette est du contemporain Francesino de Zuniga, dans Risco, *Fray Francisco,* Madrid, 1944, p. 207.

Page 112.

« Le temps n'est plus de me donner des ordres à présent. » Historique, dans la bouche de cet archevêque (Robles, *Compendio de la vida y hazañas del cardenal Cisneros,* chap. XVIII).

Page 118.

(montrant ses canons). « Avec ceci j'aurai toujours raison. » Historique. Dans Sandoval

Page 118.

« J'aime mieux l'odeur de mes canons que les parfums de l'Arabie. » Historique (Lopez de Toro, *op. cit.*, p. 41).

Page 118.

Cisneros eut des larmes quand il apprit qu'il était régent (Hefelé, *op. cit.*, p. 409). Il fallait qu'il prît très à cœur ce genre de choses.

Page 127.

La version de la mort du cardinal, causée ou du moins hâtée par la lettre de Charles (dont le texte est historique), était admise par tous jusqu'au siècle dernier, où elle a été abandonnée pour la version suivante : Cisneros n'a pas lu la lettre parce qu'il était déjà si mal quand elle arriva, qu'on ne la lui remit pas. Cependant l'excellent essayiste catalan Eugenio d'Ors, en 1931, non seulement adopte la version de la lettre lue par le cardinal, mais veut qu'il ait pris la plume pour répondre au roi, ne pouvant tracer que quelques lignes inintelligibles.

Je trouve dans Hillbrand (*loc. cit.*) que Charles Quint a dit : « Sacrifier sa conscience *(sacrificar su conciencia)*, celui qui n'est pas prêt à cela n'a pas le droit de gouverner. » (Malheureusement sans référence.) Je pense que Charles Quint voulait dire que la politique la meilleure ne peut être accomplie quelquefois que par le sacrifice des meilleurs. Les États, les institutions, les religions connaissent bien ce vieux drame, qu'il me semble que j'ai traité déjà trois fois : dans la présente pièce, dans *La Ville dont le prince est un enfant* et dans *Port-Royal*.

Le troisième acte est rempli par la présence de Jeanne absente. Durant tout ce troisième acte, Jeanne absente dévore Cisneros. Et cependant, si la lettre du roi le terrasse, c'est qu'à ce moment-là Jeanne a cessé d'agir sur lui, Jeanne l'a abandonné.

Mais, à ce moment, derrière la reine, c'est Dieu qui l'abandonne. Dieu était bien derrière la reine, comme la reine l'affirmait elle-même la veille, comme Cisneros le confirmait au début de l'acte. Quoi, la « submersion infinie » s'ouvre pour ce moine, pleine de Dieu et enfin de Dieu seul, et une blessure d'amour-propre suffit à l'abattre! (Et, mourir d'une blessure d'amour-propre, qu'on le tourne comme on veut, c'est une mort futile.) Dieu l'abandonne, les hommes-démons l'emportent. « Ah! ma Sœur, comme vous êtes humaine! »

Cisneros meurt abandonné de Dieu, comme la sœur Angélique marche finalement vers la prison, abandonnée de Dieu. C'est parce que Dieu l'abandonne qu'il ne peut pas finir le signe de croix qu'il a commencé quand il s'est senti glisser dans l'abîme; une main a arrêté sa main; quelle main? non la main de la mort, celle de l'homme. Au début de tout, il y a peut-être cette sainte Communion qu'il n'a pas prise le matin.

Nombre de mes personnages, tout forts quand ils apparaissent, s'effondrent *in fine;* leur trop humain prend le dessus et les désagrège : Cisneros, Angélique, Ferrante, Carrion. D'autres sortent de l'ouvrage en coup de vent, toutes voiles dehors, gonflés à bloc : Alban, Costals, Pasiphaé, Don Juan. En général, tous ceux pour qui l'absolu se trouve dans les sens.

Page 127.

En écho à la dernière réplique de cette pièce, un Espagnol bien informé me dit de Cisneros : « Chez nous, il est aujourd'hui très oublié. »

Le nom de Vigarni, auteur du bas-relief reproduit au début de l'édition courante du *Cardinal,* ne figure dans aucun des dictionnaires (français) biographiques, dans aucun des dictionnaires (français) d'artistes qui se trouvent dans la salle de travail de la Bibliothèque nationale à Paris. Par bonheur, une très longue notice lui est consacrée dans l'Encyclopédie Universelle (espagnole) d'Espasa-Calpe, sous le nom de Felipe Vigarny ou Felipe de Borgoña, sculpteur et architecte. Natif selon les uns de Bourgogne, selon les autres de Burgos, il fut appelé en 1502 par Cisneros pour travailler au retable principal de la cathédrale de Tolède, et c'est alors, précise-t-on, qu'il fit en bas-relief le portrait du cardinal. L'auteur de la notice situe Vigarni, pour la valeur, immédiatement au-dessous du grand Berruguete.

Le portrait de Cisneros, alors âgé de soixante-sept ans, est la vie même; il semble qu'on ait devant soi une photographie. Tous les traits en correspondent à ceux que signalent les contemporains dans les chroniques : le menton fuyant, les canines avancées (et qui même étaient un peu proéminentes, puisqu'elles lui avaient valu le surnom de *l'Éléphant*), enfin ce regard sans bonté, ce regard implacable dont on ne peut dire qu'il caractérise tous les chefs de peuples, mais qui est le leur souvent.

NOTES DE 1961-1962

Inopinément, depuis deux ans et demi que cette pièce est écrite, je découvre une parenté entre le Cisneros de quatre-vingt-deux ans et le Sevrais de seize ans de *La Ville dont le prince est un enfant.* L'identité des paroles « Votre loyalisme insensé! » *(Cardinal)* et « Fidèle comme il n'est pas permis de l'être » *(Ville)* est la porte qui ouvre sur cette voie où je trouve que Cisneros et Sevrais sont tous les deux des êtres droits, entiers, naïfs, généreux, et par là que l'on roule. Sevrais reste fidèle à la « maison » qui le roule comme Cisneros reste fidèle aux deux rois, Ferdinand et Charles, qui le roulent. L'octogénaire, quand Charles le roule, a aux yeux les larmes du collégien, et il pourrait s'écrier comme lui, parmi ces larmes : « C'est trop injuste! »

Le « sacrifice des meilleurs », que j'évoque à propos de Cisneros dans une note de ma pièce, c'est aussi le sacrifice de Sevrais. « Oui, les valeurs nobles, à la fin, sont toujours vaincues. L'histoire est le récit de leurs défaites renouvelées. Malheur aux honnêtes! Malheur aux meilleurs! » *(Santiago.)*

A côté de traits d'une extravagance assez certaine, on cite de la reine Jeanne d'autres traits qu'appréciera le lecteur. Voici ce qu'écrivent d'elle des correspondants, souvent ses gouverneurs ou geôliers : « Elle ne veut pas se promener dans des endroits qui ne lui plaisent pas. » « Elle se promène presque nue. » « Elle fait des pas en chantonnant. » « Elle se crispe maladivement sur une décision prise » (on dirait : « elle a une volonté de fer », si elle avait la cote) [Rodriguez

Villa, *Juana la loca*]. Je ne trouve rien dans tout cela que de normal. Et ceci : « Elle aimait son mari avec tant de véhémence et frénésie, qu'elle ne se souciait nullement si sa compagnie lui était ou non agréable. » Eh! de combien de femmes on pourrait en dire autant!

Le monde d'hier, on le voit, et bien plus encore le monde contemporain, qualifient de morbides des états qui sont tout naturels et logiques, et qui sont la santé même. On m'a parlé d'un homme de quatre-vingts ans, qui fut une figure brillante de la société parisienne, à présent paralysé, célibataire sans famille proche qui s'occupe de lui, impécunieux au point de devoir quitter son appartement et se priver d'une servante qu'il ne peut plus payer. Et la personne qui me parlait de lui ajoutait : « Il fait de la dépression nerveuse. » Moi, j'aurais dit : c'est un homme qui est au désespoir. Mais il y a grand danger, aujourd'hui, à s'exprimer simplement.

Nombre des traits qui font scandale chez la reine Jeanne sont en effet pathologiques. Nombre d'autres ne le sont pas; ils ne sont que de la singularité, et quelquefois non pas même. Quelquefois ils ne sont pas plus que les marques d'une nature excessive.

Sur quelle table clinique ne dépècerait-on pas aujourd'hui mes « célibataires », MM. de Coantré et de Coëtquidan? De leur temps on les appelait seulement « des originaux ». Jeanne n'est souvent qu'une « originale » un peu poussée.

Jeanne voit « l'autre côté », et de là se refuse à gouverner : la folle est logique. Salomon et Marc Aurèle voient « l'autre côté », et gouvernent. « Un empereur n'a pas besoin d'être philosophe », disait la grossière Agrippine : elle voyait la contradiction.

Charles Quint, fils de Jeanne, et Philippe II, son petit-fils, voient vers leur fin la vanité du monde, mais d'un regard uniquement chrétien. C'est toujours le rien de la mère et de la grand'mère, mais ils l'ont marqué du signe de la croix (qui est aussi le signe *plus*, ne manqueront pas de souligner avec satisfaction les chrétiens).

Le mouvement de Cisneros, quand la reine Isabelle lui apprend qu'elle l'a fait nommer archevêque de Tolède, qui était la première dignité de l'Église après le Saint-Siège, ce mouvement de rompre brutalement l'entretien, au mépris des convenances les plus impérieuses, de quitter en coup de vent le palais royal, et de s'en retourner à son monastère (la reine doit envoyer des cavaliers sur la route, pour le faire revenir; il revient, mais refuse son élévation, et il faut un commandement exprès du pape pour qu'il accepte), ce mouvement, à l'époque, fut taxé par certains d'hypocrisie. Il est hors de doute qu'il fut un mouvement sincère, et plus que sincère : jaillissant. Cisneros était furieux. Furieux et « pas d'accord ». Le *domine, non sum dignus* n'est pas la réaction des seules âmes chrétiennes : il est celle de toute âme un peu haute quand lui tombe dessus quelque honneur ou quelque pouvoir, qu'elle l'ait convoité ou non. Je l'ai trouvé bien souvent, en lisant l'histoire, chez des hommes qui n'étaient pas essentiellement des hommes religieux : rois, chefs, grands de toute sorte. D'un personnage fictif de *La Relève du matin,* j'ai écrit : « Il vit la gloire, et ferma les yeux [...] Alors, au cœur de sa gloire, il se sentit une toute petite chose [...] cependant que d'incroyables mots lui jaillissaient des lèvres : " Ils sont trop bons... Je ne mérite pas... Demain ils vont s'apercevoir que c'est par méprise... " – la même humilité qui l'envahissait toutes les fois qu'il se sentait aimé. Et là, portant depuis vingt ans son manque de gloire comme une croix d'ombre, il sut qu'à l'heure de sa gloire profondément et sincèrement il la mépriserait, et qu'une nostalgie se lèverait d'elle comme aujourd'hui de son seul nom, nostalgie de la vie obscure, nostalgie de la tendresse, nostalgie de la sainteté. » Ces lignes ont été écrites en 1916; j'avais vingt ans. Fors la nostalgie de la tendresse, qui à coup sûr n'a jamais inquiété beaucoup notre cardinal, tout ce passage pourrait lui être appliqué.

On me cite cette phrase d'un auteur : « Alors que d'autres placeront leur fierté à demeurer toujours dans les cadres du raisonnable, l'Espagne, à l'exemple de Thérèse, croira que, sans cette démence [...], il n'y a point ici-bas de promotion de l'homme. »

Je trouve, quant à moi, que c'est la reine Jeanne (laissons Thérèse) qui demeure non pas « toujours », mais pour l'ensemble de sa vision du monde, « dans les cadres du raisonnable ».

« L'action et la non-action se rejoindront dans l'éternité, et elles s'y étreindront éternellement. » J'aurais fait dire ces mots par Cisneros, quand il se justifie devant la reine, si je ne les avais déjà écrits en mon nom propre dans *Service inutile*.

Humanité de Cisneros. — « Il me semble qu'il ne fait nul cas de ceux qui le servent véritablement et avec le plus de loyauté, et qu'il fait cas davantage de ceux qui ne le servent pas » (*Epistolario español. Cartas de los secretarios del cardenal*, lettre CXXXI, p. 259. Écrit par un secrétaire, il est vrai).
Varacaldo dit que des contrariétés, plutôt que deux accès de fièvre, ont fait du mal au cardinal. Il insiste : « Ces choses et d'autres, des histoires de justice, ont fait de la peine au cardinal, et le font aller mal » (*ibid.*, p. 131).
Comme Cardona, je cherche les failles de cette puissante nature.

« Juana, jurando una ou dos veces la fe, dixo : " Por la mia digo, que no por la de Dios " » « Jeanne, jurant une ou deux fois *la fe* (la foi), dit : " Je jure par la mienne, non par celle de Dieu. " » (Dans l'un ou l'autre des deux livres de Rodriguez Villa sur la reine.) Il serait extrêmement important de savoir si le sens est : « Je jure par ma foi (propre), non par la foi en Dieu », ce qui serait une déclaration nette d'athéisme.

Cisneros meurt le 8 novembre, et est perdu depuis une douzaine de jours. Le 5, il dicte encore à son secrétaire Varacaldo sur les affaires. Est-ce que c'est admirable, ou est-ce que c'est absurde? Est-ce qu'il n'aurait pas mieux fait de prier? Avait-il prié suffisamment? Mais a-t-on jamais prié suffisamment? Il y a dans ce temporel acharné un autre univers que le mien, une autre dimension. Tout m'y échappe.

Cisneros est devant Cardona comme Georges Carrion devant son fils. Il le juge de haut, et veut le mater. Ensuite c'est lui qui s'effondre (devant l'ingratitude), comme Georges, dans *Demain il fera jour,* s'effondrera (devant le péril). Je ne veux rien prouver. Georges est un homme qui est plus faible que sa peur, et Cisneros un homme qui est plus faible que sa sensibilité et que sa vieillesse. C'est tout.

Quand la reine dit : « Je ne fais pas d'actes. Je fais les gestes d'actes », elle dit cela même que j'ai dit et fait toute ma vie, du moins dans ma vie publique, non dans ma vie privée. Dit pour la première fois à vingt-trois ans, quand j'écrivais la page du *Songe :* « Ainsi ai-je vécu, sachant la vanité des choses, mais agissant comme si j'en étais dupe, et jouant à faire l'homme », etc.

Quand on entend Cardona parler de sa loyauté (fausse) à l'égard du cardinal, et qu'on sait la loyauté (vraie) du cardinal à l'égard de Ferdinand et de Charles...

J'ai donné des larmes à Cisneros, au moment où Charles Quint le congédie parce qu'il avait eu des larmes quand il avait appris qu'il était régent. Charles Quint, à son tour, pleurera pendant la cérémonie de son abdication, — quand il se congédiera soi-même.

« Ne fais rien, et tout sera fait » n'est pas une parole de Jeanne, mais une parole de Confucius.

Cisneros étant l'homme qu'il est, il se peut que sa dureté à l'égard de son neveu vienne non pas de ce qu'il sente que son neveu ne l'aime pas, mais de ce qu'il sente que son neveu l'aime.

Il y a peu de mérite à être impérieux quand on a les pleins pouvoirs; il y a au contraire du mérite à ne pas faire sentir son poids. Mais Cisneros était impérieux, aussi, quand il n'était rien : un petit prêtre qui résistait pendant six ans à son archevêque, du fond de la prison où celui-ci l'avait fourré. Ce qui est intéressant, c'est d'être insolent quand on est le vaincu.

Des gens lisent *Le Cardinal d'Espagne,* et m'en parlent avec sympathie. Mais ils y voient ce qui n'est pas important, et n'y voient pas ce qui est important. J'ai l'impression que ces gens n'ont jamais été touchés par rien de ce qui est essentiel dans l'aventure humaine; que l'essentiel de cette aventure parle un langage non seulement qui n'a aucune résonance en eux, mais qu'ils n'entendent même pas, que dis-je? qu'ils ne soupçonnent même pas. Quand l'entendront-ils, ou le soupçonneront-ils? Aux premiers avertissements de leur mort? Rien n'est moins sûr. Je fais dire à Cisneros : « La frivolité est dure comme de l'acier. »

Il y a dans *Le Maître de Santiago* une réplique de Mariana qui a fait rire huit cent quatre-vingt-deux fois le public français, aux huit cent quatre-vingt-deux représentations de cette pièce données par le théâtre Hébertot et par la Comédie-Française. Celle où Mariana, qui est pauvre, et va devenir riche, à la question qu'on lui pose : « La richesse ne vous fait pas peur? » répond : « Je l'accepterai comme une épreuve et je m'efforcerai de la surmonter. » Une conception si chrétienne isole Mariana du reste des hommes (fussent-ils de baptême chrétiens) : eux et elle appartiennent à deux planètes différentes. La façon dont je pense, dont je sens et dont je vis m'isole tout autant du reste des hommes : ils vivent en creux, quand je vis en plein. Cet isolement ne me gêne pas, car j'ai ailleurs avec eux mon attache, une attache très forte, la plus forte et la meilleure des attaches, dont je n'ai pas à parler ici.

Mgr Jobit, directeur des Études hispano-américaines à l'Institut catholique de Paris, lorsqu'il lut en manuscrit *Le Cardinal d'Espagne,* s'arrêta sur la parole de Mgr Darboy : « Votre erreur est de croire que l'homme a quelque chose à faire en cette vie », qui m'a toujours semblé si importante que je l'ai mise en épigraphe jadis à *Service inutile,* et que je la rappelle aujourd'hui dans ma pièce, où elle résume la « position » de la reine Jeanne de Castille, mais marquée chez celle-ci d'un agnosticisme qu'il paraît difficile de contester. Et il me dit : « Il y a le " Vous êtes des serviteurs inutiles " de l'Évangile. »

J'ai relu le passage de saint Luc (chap. xvii, v. 10), où le texte de la Vulgate donne : *servi inutiles,* « serviteurs inutiles ». Mais j'avoue que je n'ai pas compris le sens de ce passage dans la Vulgate.

Jésus blâme le maître qui dirait à son serviteur, quand celui-ci revient des travaux des champs : « Viens vite et mets-toi à table. » Il veut que le serviteur prépare encore à souper au maître, le ceigne, le serve, et qu'ensuite seulement il mange et boive à son tour. Jésus dit : « A-t-il (le maître) de la reconnaissance à ce serviteur, parce que celui-ci a fait ce qui lui était ordonné? Je ne le pense pas. De même vous, quand vous aurez fait ce qui vous était commandé, dites : " Nous sommes des serviteurs inutiles; nous avons fait ce que nous devions faire " » (trad. Crampon).

Ce texte m'inspire deux remarques.

La première concerne la dureté de Jésus. Mais sur ce thème, que je connais bien, j'aurais trop à dire, et je me garde de l'aborder.

La seconde est celle-ci : le mot « inutile » n'a, dans son contexte, pas de sens, car l'idée d'inutilité n'est pas évoquée une fois dans le passage. Le serviteur a « fait ce qu'il devait faire »; il a vaqué aux champs, puis servi son maître à table. C'est dire qu'il n'a nullement été un serviteur inutile.

Mais voici que Mgr Jobit me dit : « La leçon du texte grec est un peu différente. Le chanoine Osty la traduit ainsi : " Nous sommes de pauvres serviteurs ". »

En ce cas, bravo! Le mot « pauvre » rentre parfaitement dans le contexte. Le serviteur revenant des champs pourrait vouloir se restaurer illico; mais le maître, rien moins que paternaliste, lui rappelle qu'il faut encore qu'il le serve lui-même, et qu'après tout il n'a fait que son métier de serviteur, et qu'il n'a qu'à se dire : « Je suis un pauvre serviteur », ce qu'il est bien en effet.

Nous voici très loin de « l'inutilité de faire quelque chose en cette vie », et très loin aussi de la reine Jeanne.

Je soumis à Mgr Jobit la petite note que j'ai mise page 151 du présent volume, et lui demandai son avis. Il me l'envoya par la note suivante, arrivée trop tard (le bon à tirer étant donné) pour que je pusse la résumer à la suite de ladite note.

« Pour bien interpréter le mot de Mgr Darboy, il faudrait évidemment connaître l'esprit dans lequel s'est déroulée sa conversation avec l'ex-Père Hyacinthe. On peut le supposer. Le Père Hyacinthe, comme tant de réformateurs, était persuadé qu'il *fallait* agir... réformer, justement. En quoi il y avait du vrai. L'erreur, c'est de trop croire à *son* action, à *sa* vocation, considérée comme privilégiée. D'où les révoltes, les condamnations, la séparation d'avec la famille spirituelle à laquelle on appartenait. Un psychiatre dirait que ce type de réformateurs relève de la paranoïa. En face d'eux existe un type prudent, mesuré, qui propose plus qu'il n'impose. Érasme le représente bien, je crois... Mgr Darboy — pure hypothèse — voulait sans doute faire sentir cela à Loyson : nous n'avons pas de « message », au sens messianique du mot, à délivrer; ne nous leurrons pas sur notre *inutilité* foncière. Appel à la modestie, à la *discrétion* la vertu chère entre toutes à saint Benoît et à son Ordre), à la prudence. Et Mgr Darboy, anti-infaillibiliste parce que le dogme de l'infaillibilité lui paraissait, comme à ses amis, *inopportun,* devrait raisonner de cette manière.

« Mais, ceci dit, l'idée d'inutilité est-elle chrétienne? Vous notez, très justement, que *inutile* et *pauvre* (suivant la leçon adoptée) ne sont pas des termes identiques. C'est exact. Cependant cela n'empêche pas que l'idée de *service inutile* puisse revêtir un aspect chrétien. Cela dépend de la perspective adoptée. Et l'autre thèse, celle de *l'utilité* de notre action, l'est également suivant l'optique qui est, à un autre moment, la nôtre.

« *Utilité* de notre vie, de nos actes : faire fructifier nos talents (Matth., xxv, 1-13); venir travailler à la vigne (Matth., xx 1-16); moisson abondante et nécessité d'ouvriers pour la moisson (Luc, x, 1-12); etc.

« Mais aussi *inutilité* de *nos œuvres*. Nous sommes des serviteurs inutiles (si l'on adopte le sens de la Vulgate en Luc, xvii, 10); les ouvriers reçoivent tous un denier, quelque travail qu'ils aient réalisé. Les premiers engagés se plaignent. Mais le maître répond : " Je veux donner au dernier venu autant qu'à toi. " (Jésus fait ici allusion aux Gentils qui auront les mêmes droits que le peuple juif, l'aîné dans le droit d'héritage.)

« Et tous ces pardons donnés aux pécheurs et refusés aux Justes sûrs d'eux-mêmes : le pharisien et le publicain (Luc,

XVIII, 9-14); femme adultère et ses tristes juges (Jean. VIII, 2-11); etc.

« Car, en définitive, *tout est Grâce* et c'est en ne se sentant rien, ni grand, ni juste, ni saint, ni puissant, que, dans l'esprit du Christ, on est quelque chose.

« *Per ipsum et cum ipso et in ipso,* disons-nous à la doxologie de la petite Élévation

« Tout est grâce, oui, mais dans l'amour du Christ et de nos frères. Julienne de Norwich l'avait compris, qui ne cessait de répéter : " Tout est bien où tout est pour l'amour. "

« C'est sans doute cet optimisme filial et confiant qui fait que le Jansénisme, si grand pourtant, n'est pas dans le droit fil de l'Évangile. »

Outre la parole de Mgr Darboy, qui sert d'épigraphe à *Service inutile,* il y a dans ce livre, paru en 1935, la phrase suivante : « Si pour un instant j'en prends une vue chrétienne, cette puissance en moi de la volonté était chose satanique : Dieu ne veut pas, le chrétien ne veut pas. *La Rose de sable* a été écrite dans ces sentiments-là : on n'y souligne rien tant, de bout en bout, que la vanité de la volonté et de l'action. »

Trois répliques supprimées :

CISNEROS : Je vous remercie, mon Dieu, de m'avoir donné la haine politique. Je vous remercie de m'avoir permis de haïr des hommes de mon pays.

CISNEROS : Quand on n'aime pas les gens, il faut leur donner selon leurs mérites.

JEANNE : Je vais marcher dans la chambre. Comme cela je verrai si je suis vivante ou morte.

Les taureaux braves, qui se défendent jusqu'au bout, même lorsque, tout dégouttants de sang, ils savent bien que la partie est perdue.

Mourir d'une mortification, le cardinal d'Espagne! Mais quoi, c'est le trop humain, et je ne reprocherai pas à un être, fût-il cardinal, ou religieuse de Port-Royal, ou maître de Santiago, d'avoir gardé du trop humain. Que d'autres!... Je rends à l'homme ce qui est de l'homme.

L'homme qui va mourir ou s'adoucit ou se durcit

Il semble que Cisneros se venge sur son neveu d'avoir été dominé par la reine.

L'obsession catholique, si évidente dans tous les actes de Cisneros, est souvent agaçante, quelquefois odieuse, mais après tout on se demande ce que serait un cardinal qui n'aurait pas l'obsession catholique. Cisneros est une figure que je respecte, sans l'aimer beaucoup, sauf peut-être lorsqu'il s'effondre. J'aime au contraire, totalement, la reine Jeanne. D'abord elle n'a pas la foi, ou n'a qu'une foi vague, et cela, pour l'époque où elle vit, ne peut être considéré que comme un miracle, et, comme il est dit ailleurs, « un effet de la grâce divine ». Au-dessous de cette incroyance fondamentale, sa conception du monde est *celle qui est juste* : celle de *la raison,* — à elle qui est folle. J'ai transcendé un peu le personnage tel que nous l'apporte l'histoire, à la manière de Schiller transcendant le triste don Carlos, arrière-petit-fils de Jeanne.

Cardona est un exemplaire de cette complexité que j'ai représentée sans cesse dans mes romans et dans mes pièces, car c'est elle qui est *quod est*. Un enfant de huit ans est déjà complexe, un enfant qui, si on lui demande ce qu'il veut faire plus tard, répond qu'il veut « vendre des bouchons », est déjà si complexe qu'on s'y perd. L'homme de soixante-dix ans qui a vécu, et vécu avec intelligence, ne peut être qu'un « monstre » de complexité. Mais il le cache d'ordinaire, car sa complexité, mieux connue, le rendrait insupportable au monde.

Il est nommé cardinal et Grand Inquisiteur à soixante et onze ans. Il y a donc des choses qu'on *commence* à soixante et onze ans!

Ma chambre ayant eu cette nuit la même température que d'habitude, je me suis éveillé avec un rhume de cerveau parce que j'avais moins dormi que d'habitude. J'ai pris le mal parce que l'insomnie m'avait mis dans un état de moindre résistance.

Cisneros est désagrégé par le néantisme de la reine, et c'est peut-être pour cela qu'il est si vulnérable au coup que lui porte Charles, comme Malatesta succombe au poison de Porcellio, parce qu'il a été désagrégé par l'angoisse d'Isotta.

Quelques-uns sont peut-être choqués d'entendre parler au cours de la pièce du clavicorde dont joue Jeanne, et même d'en entendre une sonorisation. Car ils ont vu au château de Tordesillas, où la reine était recluse, l'instrument de musique dont elle aimait jouer, qui était un petit orgue, rapporté par elle des Flandres. Mais j'ai jugé que les deux mots qui servaient en castillan à désigner ce petit orgue, *organo* et *virginal,* ne pouvaient ni l'un ni l'autre être prononcés sans risques sur une scène française.

Aussi bien, le son fragile du clavicorde m'a-t-il paru plus émouvant que celui d'un petit orgue, qui était sans doute analogue au son d'un harmonium.

Le clavicorde, qui n'a rien du clavecin, est bien antérieur à l'époque où est situé *Le Cardinal d'Espagne.*

Les aboiements du IIIe acte sont les aboiements de l'hallali.

Il y a dans cette pièce deux conflits entre deux personnages, et deux conflits à l'intérieur des âmes de deux personnages. Il y a un conflit permanent dans l'âme du cardinal, entre la passion du pouvoir et la passion de la vie mystique. Un conflit entre la reine et le cardinal, la reine voulant entraîner celui-ci dans une retraite qui pour elle est fondée sur le sentiment du néant et pour lui serait fondée sur la contemplation, et le cardinal arguant du rôle d'homme d'action qu'il a joué au profit de l'Église et de l'État de Castille. Enfin, un conflit entre le cardinal et son neveu, neveu que le cardinal juge pusillanime et qu'il force brutalement à des tâches de cour dont l'autre a horreur. Le neveu — quatrième conflit — est aussi partagé que l'est l'oncle : partagé entre son respect et son affection pour lui et un sentiment d'infériorité et jalousie à son égard. En fait, Cardona ne cessera de chercher à blesser son oncle et, en le dénigrant auprès de l'empereur Charles Quint, contribuera à l'acte par lequel l'empereur mettra en disgrâce le cardinal, acte qui tuera celui-ci, de chagrin.

Certains — dont je ne suis pas — pensent que dans toute pièce de théâtre il doit y avoir un conflit : avec *Le Cardinal,* ils sont servis! Mais ce qui est à mes yeux le plus important dans cette pièce n'est pas un conflit, un élément dramatique. C'est cette idée du néant et de l'inutilité des actes [1] qui apparaît sous sa forme laïque, si je puis dire, chez la reine Jeanne, et qui apparaît et disparaît alternativement, marquée cette fois du signe de la croix, chez le cardinal.

Jeanne aime une illusion, comme Don Quichotte : le souvenir de son époux. Cisneros aime Dieu, autre illusion. Il aime aussi le pouvoir. Le pouvoir est-il une illusion? Oui, si on le considère dans la durée. Non, si on le considère dans l'immédiat.

Le cliché du moment est que je suis un dramaturge « glacé ». Réponse par la bouche de Mariana : « Oh! Madame, elle est glacée, et elle me brûle » (l'eau qu'elle boit).

Toute la substance du *Cardinal* est contenue dans *Service inutile,* (la préface, et surtout *Chevalerie du néant, La Tragédie de l'Espagne* et *La Grande Tentation*); dans *Santiago;* un peu partout, diffuse, dans mes ouvrages; dans *Port-Royal,* surtout dans le rôle de la sœur Françoise.

« On se sent et se sait oublié, et on en éprouve une joie mystérieuse » (*Service,* p. 197). « J'aimais l'oubli où j'étais; j'y reposais comme au fond de la mer » (Jeanne).

---

[1]. Pareillement, dans *La Guerre civile,* l'important n'est pas le conflit César-Pompée, ni même le conflit Caton-Pompée, mais l'idée de la mort et plus précisément de la mort violente, donnée ou reçue.

Quelqu'un m'a dit : « Votre façon d'écrire [pour la scène] crée un écran entre le sentiment exprimé et le public. » On répond tout de suite : « Et Corneille? Et Racine? Et Hugo? Loin que leur façon d'écrire — qui était d'écrire de façon très " écrite ", car qu'y a-t-il de plus " écrit " qu'un alexandrin? — leur ait causé du tort, non seulement ils ont fait venir le public à leurs pièces, mais c'est elle qui leur a assuré la postérité. »

Ensuite on se dit qu'ils parlaient une langue compréhensible pour un public cultivé. Une langue écrite aujourd'hui de la même façon, et fût-elle appliquée à des sentiments forts et à des personnages « crédibles », commence de n'être plus comprise en France que d'une minorité. Aux autres elle paraît bizarre, donc agaçante, voire incompréhensible par endroits. Non seulement elle sonne faux, mais elle attire et retient à l'excès l'attention (c'est l'écran dont parle mon interlocuteur); il en reste moins pour les sentiments qu'elle exprime. On ne voit plus qu'un « styliste » où il y a un psychologue, ou plutôt un homme. Une telle langue est pardonnée aux classiques, parce que les classiques sont tabous. Certains ne la pardonnent pas à un écrivain vivant : un journaliste rapportait des propos de jeunes gens sur le style du *Cardinal d'Espagne* : ils le qualifiaient de « style esthète ». Encore faudrait-il rechercher dans quelle mesure les classiques sont compris *vraiment* par le public français d'aujourd'hui, et dans quelle mesure ils le touchent *vraiment*. Un peu d'objectivité dans cette recherche apporterait des surprises. Mais les classiques sont nécessaires : ils sont l'alibi.

La langue parlée dans *Le Cardinal d'Espagne* est une langue qui colle sur un sentiment fortement ressenti, et une langue qui n'en dit pas plus qu'il n'y en a à dire : précise, simple et claire. Ces trois derniers caractères, et celui d'être toujours soutenue par le sentiment, et de ne le gonfler jamais, pourraient définir à eux seuls ce qui n'est pas de la rhétorique.

Quant aux sentiments eux-mêmes... Le conflit entre le service actif de l'Église et la contemplation religieuse n'est certes pas un conflit familier à des laïcs; mais, amené aux proportions d'un conflit entre la partie épurée de l'homme et sa partie, disons, commune, il est plus accessible. Le mélange d'affection et d'animosité à l'égard d'un être, qui est

propre ici au neveu du cardinal, est un mélange d'observation courante. Le problème que soulève la reine Jeanne — nos actes ont-ils un sens, ou n'en ont-ils aucun ? — est, après le problème de l'existence ou de la non-existence de Dieu, le problème le plus essentiel qui puisse se poser à un être pensant. L'analyse de la décrépitude et des approches de la mort s'applique à chacun de nous sans exception...
Ne pas être sensible à une telle matière, et n'y pas être sensible quand elle est présentée sous cette forme à laquelle je veux redonner ses épithètes — précise, simple et claire, — j'ose dire que c'est montrer qu'on répugne à l'humain.

En 1924, Claudel écrivait du *Chant funèbre pour les morts de Verdun* : « C'est écrit dans le style de la conversation. » Ce n'était pas tout à fait vrai du *Chant funèbre*, où il y a pas mal de draperie juvénile. Mais cela serait vrai du *Cardinal*.
J'ai horreur de la logorrhée dramatique, même chez les auteurs tenus pour géniaux. Cette logorrhée cependant n'effraye personne, bien au contraire. Quand je lis une traduction d'une de mes pièces, ou quand un conseiller qui l'a revue me parle d'elle, je remarque ou l'on me fait remarquer *presque chaque fois* que le traducteur en a ajouté, a donné dans l'emphase ou les fioritures. La précision, la simplicité et la clarté, loin d'être des vertus aux yeux du public de toutes les nations, sont plutôt des défauts. Et comment non, quand les pièces qu'on lui présente comme des chefs-d'œuvre font autant de part au verbiage qu'en fait le théâtre grec ancien, le théâtre du *siglo de oro*, le théâtre élisabéthain ?

J'ai dit dans la préface de *Port-Royal* ce que je pensais du côté bateleur d'un certain théâtre très apprécié par le public. Le sévère, l'âpre Cisneros — qui l'eût cru ? — avait un bouffon, un nain, tant le *ce qui se fait* a d'empire à toutes les époques, et même sur l'esprit d'un Grand Inquisiteur. Je me suis gardé, bien entendu, de faire intervenir un nain dans ma pièce. Il faut respecter son public, même si on sait qu'il n'est pas toujours respectable. Je me souviens de ces pièces de Richepin ou de Bataille, qu'on représentait dans mon enfance, où l'auteur avait soin d'enclore, au milieu de l'acte où se déroulait une soirée mondaine, un numéro de danseuse plus ou moins dévêtue. Le nain, dans *Le Cardinal d'Espagne,* c'était une de ces grossières astuces.

Le Cardinal d'Espagne est-il une pièce qu'on ne puisse pas imaginer ailleurs qu'en Espagne? Je pense que oui. Cisneros : il y a dans ce Castillan de Vieille-Castille une absence de détours, quelque chose de rude, de droit et d'un peu étroit qui est caractéristique de la Castille; nous sommes très loin des autres ecclésiastiques qui ont détenu le pouvoir, un Anglais comme le cardinal Wolsey, un Français comme le Père Joseph, ou n'importe quel pape italien. Mais la personnalité de la reine Jeanne est plus espagnole encore. Sa conception du néant est une conception qui a été longtemps familière aux Espagnols et qu'on ne trouve sous cette forme que chez eux : le nihilisme russe et le nihilisme allemand sont autre chose. Le nihilisme de la reine Jeanne est très étranger à l'esprit français. Si Jeanne, dans ma pièce, parvient à toucher le public français, ce sera dans la sensibilité de celui-ci, non dans son intelligence, dans sa réflexion métaphysique.

Des Français peuvent légitimement, touchant un ouvrage de fiction français dont le sujet est situé en Espagne, se poser la question s'il est ou non une « espagnolade ». Dans le cas présent, voici la réponse. *Le Cardinal d'Espagne* m'a été demandé par cinq théâtres espagnols. Il sera joué à Madrid, en janvier, par le *Teatro español,* théâtre d'État un peu analogue à notre Comédie-Française, situé sur l'emplacement du théâtre où furent créées les pièces de Calderon et de Lope de Vega, et qui a pour mission de jouer toutes les pièces classiques du répertoire espagnol. *Le Cardinal d'Espagne* sera ensuite emporté par la troupe de la création dans une vaste tournée à travers l'Espagne. Et le traducteur, M. José Lopez Rubio, traducteur attitré du *Teatro español,* me parlant de ma pièce, m'écrit : « [...] votre sûre vision de l'Espagne [...] *On est entré rarement aussi profond dans l'âme espagnole.* »

A la vingt-septième représentation du *Cardinal d'Espagne,* des étudiants préparant l'École normale supérieure firent un chahut à la Comédie-Française. Le théâtre appela la police qui, selon les journaux, emmena quelque quatre-vingts étudiants au commissariat de police. Ils déclarèrent qu'ils avaient voulu protester contre une pièce « poussiéreuse, académique, exécrable ».

Or, cette pièce m'avait été demandée spontanément par Jean-Louis Barrault, en juillet 1959, pour l'Odéon, et par Jean Vilar, en avril 1960, pour le Théâtre national populaire.

Vilar m'écrivait qu'elle était « une pièce forte et belle », m'offrait de la jouer à la rentrée 1960 au T.N.P., où, disait-il, « je pense en définitive qu'elle trouverait son entière efficacité ». Il terminait une autre lettre où il était entré dans tous les détails principaux d'un contrat (il serait Cisneros, Maria Casarès serait Jeanne) par ces mots, soulignés : *« Ma proposition est donc absolument ferme. »*

Je refusai à cause des dimensions du Palais de Chaillot, qui n'étaient pas adaptées à une œuvre où il n'y a souvent en scène que deux personnages.

Quant à Barrault, en avril 1960, d'Israël, il télégraphiait à son administrateur : « M'engage créer *Cardinal* fin octobre prochain. Arrêterons distribution au gré auteur dès retour. »

Cette fois je dus refuser à cause de difficultés d'interprétation.

Ce qui est curieux, c'est que la presse, depuis lors, à chaque occasion, a toujours rappelé avidement le chahut, mais n'a jamais rappelé que cette pièce « poussiéreuse » m'avait été demandée par Vilar et Barrault.

Une correspondante m'écrit : « Peut-être certains estiment-ils que l'introduction de la petite Catalina (fille de la reine) eût mis en ce drame une note de fraîcheur. Je trouve que cet air d'enfance continuée qui caractérise toute folie, et ces deux présences enfantines, qu'on sent mais qu'on ne voit pas, la fillette et le jeune roi, suffisent à créer cette impression [...] le courage que vous avez de ne pas introduire des inutilités sympathiques; quand vous avez mis dans vos livres ou vos pièces des petits garçons, c'est qu'ils étaient l'objet de votre étude, ou destinés à révéler un adulte. »

Jeanne prend la suite de Thérèse Pantevin, d'Andrée Hacquebaut, de Mlle Andriot, de la « Double veuve », qui sont toutes des femmes que le sevrage d'amour a détraquées plus ou moins. Mondor écrit que j'ai réussi avec Jeanne un parfait portrait clinique.

Si le bol d'eau de la reine était posé par terre, comme pour les animaux familiers, alors que la table est à côté...

Les deux absolus entre lesquels oscille Cisneros, et qu'il accorde tant bien que mal par l'alternance, jusqu'au moment où la reine, de son poids, le déséquilibre.

Le débat de Cisneros n'est pas seulement : faut-il faire quelque chose en ce monde, ou faut-il ne rien faire ou faire n'importe quoi ? il est : si l'on fait quelque chose, faut-il le faire jusqu'à la fin ? Serrer les dents, dicter des dépêches politiques à trois jours de sa mort, c'est insensé, et c'est imposant. Tout lâcher quand la fin approche, vivre à vau-l'eau après avoir vécu tendu, c'est raisonnable, mais mal vu par la société, qui veut qu'on meure *comme il faut*. Le naufrage avec héroïsme ou sans héroïsme ? Le monde vaut-il l'héroïsme, pour ne pas dire : la pose ? C'est toute la question.

Étant réservées trois façons d'être :
— le moribond est énergique de nature. Il reste donc énergique jusqu'au bout, sans se forcer, sans même savoir qu'il l'est ;
— il a une foi religieuse telle qu'il croit que ses derniers moments serviront encore soit au bien de Dieu, soit à son bien propre devant Dieu ;
— il croit tellement à la solidité de son œuvre humaine qu'il croit même à la solidité de ce qu'il aura fait dans ses derniers moments
Cisneros combine sans doute ces trois façons d'être.

Nous savons de Cisneros qu'à quatre-vingt-trois ans, toujours régent de Castille, il avait du pus dans les oreilles. Mais, commandant et sévissant, terrible encore, faisait-il son urine et ses excréments sous lui, comme le font, paraît-il, certains vieillards dont les muscles se sont relâchés?

Afin de détruire un acteur célèbre, âgé, dont on ne voulait plus, on répandait qu'il pétait aux répétitions. Dès lors plus rien à faire : tout le talent du monde n'y eût rien pu, on ne parlait de lui qu'en disant : « Est-ce qu'il a pété? » J'ai vu des hommes excellents qui riaient de cette histoire, qui est à faire frémir.

Nous écrivons toujours nos ouvrages trop tôt. J'aurais dû écrire *Le Cardinal* à quatre-vingt-deux ans, l'âge de mon héros.

LE PLEIN ET LE CREUX

Cisneros, simple franciscain, quand Isabelle la Catholique lui met entre les mains la bulle qu'elle a demandée au Pape et qui le fait archevêque de Tolède, la première dignité de l'Église d'alors après le Saint-Siège, devient furieux, rompt l'audience royale avec une brutalité qui nous paraît incroyable, sort en coup de vent du palais royal, enfourche sa mule et part sur la route vers son monastère. La Reine est obligée d'envoyer des gens à ses trousses pour le forcer à revenir.

Cisneros cependant n'accepte pas la bulle et il faut un commandement exprès du Pape pour l'obliger à l'accepter. Encore pose-t-il ses conditions.

Quelles sont les raisons de ce mouvement de Cisneros?

La bulle lui donne une puissance politique formidable. Mais elle le force à quitter la vie contemplative, et c'est pour lui une rupture déchirante. La dureté d'un tel sacrifice est la raison, et, selon moi, la seule raison du mouvement de Cisneros.

Par ailleurs, Cisneros s'enfuyant devant une haute charge qu'on lui donne imite les Pères du désert, qui s'enfuient au désert quand on les nomme ceci ou cela, et ce faisant imitent eux-mêmes Jésus, qui se retire sur la montagne quand ceux de Jérusalem veulent le nommer roi.

Mais voici autre chose.

Cisneros, ayant accepté sa charge, veut garder quelque lien avec la vie conventuelle. Pour cela, il ne prend pas les vêtements épiscopaux. Il vit comme on le voit au premier acte du *Cardinal d'Espagne* : n'ayant rien changé à son habit de franciscain, et sa dignité n'étant indiquée que par la croix pectorale qu'il porte au cou. Il refuse la suite que son état demanderait, couche dans un réduit sur la paillasse conventuelle, mange des mets simples dans de la vaisselle de terre, etc. Tout cela fait horreur à ceux qui l'approchent. On le rapporte au Pape, qui ordonne à Cisneros de prendre le train de vie convenable à sa charge. Cisneros obéit.

La première protestation de Cisneros ne visait pas la condition qu'on lui imposait, puisque dans cette condition il servait Dieu et l'État de Castille, celui-ci instrument de Dieu sur la terre, selon les idées du prélat. La seconde, ce qu'elle vise, c'est *le creux*. Ni la contemplation ni l'action telles qu'elles sont conçues par Cisneros ne sont le creux; elles sont le plein.

Mais bien manger, avoir une suite de serviteurs, un saphir au doigt, des appartements magnifiques, et un costume plus que voyant. cela est le creux. Et il est un homme *qui hait le creux.*

Le premier mouvement de Cisneros est un simple regret auquel son tempérament rude donne une note brutale. Le second est une protestation longue (six mois) : la protestation contre une pompe charnelle que les païens eux-mêmes disaient « bonne pour le populaire » (*ad populum phaleras* : « les ornements sont pour le populaire »), et qui convient moins qu'à quiconque à un homme de Dieu.

On pourrait penser que deux autres sentiments jouent plus ou moins dans ces mouvements de Cisneros : 1° le *Domine non sum dignus* : en toute honnêteté, l'homme ne se sent pas digne de ce qu'on lui donne; 2° la crainte de succomber à l'ivresse du pouvoir et à celle de la considération sociale. Je ne crois pas que ces deux sentiments figurent, du moins en quantité appréciable, dans les réactions de Cisneros.

Ces deux mouvements de Cisneros furent critiqués en son temps et sont critiqués encore aujourd'hui. On parle d'hypocrisie.

Que Cisneros haïsse le creux, c'est cela qu'il est littéralement impossible de faire comprendre aux légers. L'idée qu'on puisse être consterné, consterné jusqu'au désespoir, d'entrer dans la voie des honneurs est « impensable » pour nombre d'hommes. Je prends dans ma bibliothèque le premier livre consacré à Cisneros qui me tombe sous la main, daté de 1693, écrit par un certain chanoine français du nom de Marsollier, « membre de l'Académie roiale de Nîmes ». Ce Marsollier est incapable, je dis bien : incapable, d'imaginer d'autres raisons au deuxième mouvement de Cisneros, que des raisons basses, parce qu'il est bas lui-même : « Il ne changea presque rien [promu archevêque] à sa première façon de vie [la vie franciscaine], soit qu'il ne voulût pas passer tout d'un coup d'une extrémité à l'autre, ou qu'il fût persuadé que les évêques d'Espagne, accoutumés à vivre avec beaucoup de magnificence, lui fourniraient bientôt par leurs plaintes l'occasion d'en changer, sans qu'on lui en pût faire reproche ; ou que, lui étant de la dernière importance de ménager l'estime de la Reine, il attendit que cette princesse, qui aimait l'éclat, le pressât elle-même de vivre d'une manière plus magnifique. » On le voit, aucune des hypothèses du chanoine n'est que Cisneros ait eu l'horreur du creux : cette hypothèse ne lui vient même pas à l'esprit. Mais il va se surpasser encore dans la bassesse quand il décrira Cisneros changeant son train de vie sur l'ordre exprès du Pape : « Ximenez, qui était *apparemment* [c'est moi qui souligne] embarrassé du genre de vie [austère] qu'il avait embrassé, et qui *n'attendait peut-être qu'un prétexte pour le quitter* [c'est moi qui souligne], obéit sans délai aux ordres du Pape ; tout changea chez lui en fort peu de temps ; ses meubles, son train, sa table, tout devint magnifique » etc. Voilà notre bonhomme qui s'est peint en entier. Évidemment, si l'on est « membre de l'Académie roiale de Nîmes », c'est qu'on ne dédaigne rien, et un Cisneros doit vous être incompréhensible, surtout sur le chapitre du creux. Quand le docteur de Martel se suicide, en 1940, au moment où les Allemands entraient dans Paris, je connais nombre de Français qui ont dit, presque en ricanant : « Bien sûr, il était neurasthénique. » C'est l'oraison funèbre de la propreté faite par la saleté.

Cisneros méprise les *phalerae*. Il a raison. Mais nous ne pouvons pas échapper à ce qui suit :
— il veut montrer qu'il les méprise, et par là donner une leçon non seulement aux gens de la cour, au peuple, etc., mais aussi aux autres prélats. A l'égard d'eux, son attitude est un blâme. Blâme légitime ou non, il y là une pointe d'orgueil ;

— il ne veut pas que le chrétien pur — les franciscains, ses frères, par exemple — puisse croire qu'il se pavane dans ces *phalerae.* Or, là, son humilité n'est pas parfaite.

L'attitude du chrétien parfait était d'accepter en silence ce qu'il y avait de douloureux pour lui à être séparé du cloître, et ce qu'il y avait d'agaçant pour lui à ce que des purs pussent croire qu'il était dupe des *phalerae,* d'accepter d'être pris pour moins que ce qu'il était, qui est le b-a ba de la pureté. De l'accepter et de l'offrir à Dieu. L'attitude du chrétien parfait était *la simplicité,* souvent plus difficile que tout le reste, je l'ai dit déjà dans mes *Carnets,* à propos de Lacordaire qui croit devoir se flageller quand les fidèles viennent de l'applaudir descendant de chaire : ce qui est petit et même est ridicule.

Qu'on ne croie pas que pour cela je jette la pierre à Cisneros. L'alliage d'une humilité véritable et d'un peu d'orgueil est un alliage classique, banal; on ne doit le considérer, lui aussi, qu'avec simplicité. Les chrétiens qui n'ont pas cette petite part d'orgueil sont des saints. Encore, nombre de saints ont-ils sans doute dissimulé à merveille leur petite part d'orgueil — rien n'en est passé au dossier, performance inouïe! — alors que Cisneros ne l'a pas dissimulée. Des candeurs de cette sorte lui ont fait manquer sa béatification, et ce quelque chose d'un peu raté — quand on connaît bien le genre des hommes qui réussissent — devrait suffire à lui valoir notre indulgence ou notre sympathie.

Décembre 1960.

DU MÊME AUTEUR

Aux Éditions Gallimard

Romans et récits

LA JEUNESSE D'ALBAN DE BRICOULE
   1. LES BESTIAIRES. (Folio n° 269)
   2. LES GARÇONS.
   3. LE SONGE. (Folio n° 1458)
LES VOYAGEURS TRAQUÉS
   1. AUX FONTAINES DU DÉSIR.
   2. LA PETITE INFANTE DE CASTILLE. (Folio n° 370)
   3. UN VOYAGEUR SOLITAIRE EST UN DIABLE.
LES CÉLIBATAIRES. (Folio n° 209)
LES JEUNES FILLES
   1. LES JEUNES FILLES. (Folio n° 815)
   2. PITIÉ POUR LES FEMMES. (Folio n° 156)
   3. LE DÉMON DU BIEN. (Folio n° 193)
   4. LES LÉPREUSES. (Folio n° 199)
LE CHAOS ET LA NUIT. (Folio n° 422)
LA ROSE DE SABLE. (Folio n° 2738)
UN ASSASSIN EST MON MAÎTRE.
MAIS AIMONS-NOUS CEUX QUE NOUS AIMONS ?

Poésie

ENCORE UN INSTANT DE BONHEUR.

Théâtre

EXIL.

PASIPHAÉ.

LA REINE MORTE. (Folio n° 12)

FILS DE PERSONNE. FILS DES AUTRES. UN INCOMPRIS. (Folio n° 461)

MALATESTA. (Folio n° 305)

LE MAÎTRE DE SANTIAGO. (Folio n° 142)

DEMAIN IL FERA JOUR.

CELLES QU'ON PREND DANS SES BRAS. (Folio n° 1446)

LA VILLE DONT LE PRINCE EST UN ENFANT. (Folio n° 293)

PORT-ROYAL. (Folio n° 253)

BROCÉLIANDE.

DON JUAN [LA MORT QUI FAIT LE TROTTOIR]. (Folio n° 35)

LE CARDINAL D'ESPAGNE. (Folio n° 613)

LA GUERRE CIVILE.

Essais-Littérature

LA RELÈVE DU MATIN.

LES OLYMPIQUES.

MORS ET VITA.

SERVICE INUTILE. *Édition revue, 1952.*

L'ÉQUINOXE DE SEPTEMBRE.

LE SOLSTICE DE JUIN.

LE FICHIER PARISIEN. *Édition définitive, revue et augmentée, 1974.*

TEXTES SOUS UNE OCCUPATION *(1940-1944).*

L'INFINI EST DU CÔTÉ DE MALATESTA.
DISCOURS DE RÉCEPTION À L'ACADÉMIE FRANÇAISE ET RÉPONSE DU DUC DE LÉVIS MIREPOIX.
LE TREIZIÈME CÉSAR.
LA TRAGÉDIE SANS MASQUE. *Notes de théâtre.*
COUPS DE SOLEIL.
L'ÉQUINOXE DE SEPTEMBRE *suivi de* LE SOLSTICE DE JUIN *et de* MÉMOIRE.
ESSAIS CRITIQUES.

Mémoires

CARNETS. *Années 1930 à 1940.*
VA JOUER AVEC CETTE POUSSIÈRE. *Carnets 1958-1964.*
LA MARÉE DU SOIR. *Carnets 1958-1971.*
TOUS FEUX ÉTEINTS. *Carnets 1965, 1966, 1967, 1972 et sans dates.*

Dans la « Bibliothèque de la Pléiade »

THÉÂTRE. *Édition de Jacques de Laprade. Nouvelle édition, 1972.*
ROMANS
   Tome I. Préface de Roger Secrétain.
   Tome II. Édition de Michel Raimond.
ESSAIS. *Préface de Pierre Sipriot.*

Composition Floch.
Impression Bussière Camedan Imprimeries
à Saint-Amand (Cher),
le 8 avril 1999.
Dépôt légal : avril 1999.
1er dépôt légal dans la collection : septembre 1974.
Numéro d'imprimeur : 991715/1.
ISBN 2-07-036613-8./Imprimé en France.

91305